袁红艳◎著

中国妇女出版社

图书在版编目（CIP）数据

女子向阳 / 袁红艳著． -- 北京：中国妇女出版社，2022.1
　ISBN 978-7-5127-2076-3

Ⅰ．①女… Ⅱ．①袁… Ⅲ．①随笔-作品集-中国-当代 Ⅳ．① I267.1

中国版本图书馆 CIP 数据核字（2021）第 261627 号

女子向阳

作　　者：袁红艳 著	
责任编辑：闫丽春	
封面设计：创研设	
责任印制：李志国	
出版发行：中国妇女出版社	
地　　址：北京市东城区史家胡同甲 24 号	邮政编码：100010
电　　话：（010）65133160（发行部）	65133161（邮购）
网　　址：www.womenbooks.cn	
法律顾问：北京市道可特律师事务所	
经　　销：各地新华书店	
印　　刷：三河市腾飞印务有限公司	
开　　本：155×225　1/16	
印　　张：13.5	
字　　数：166 千字	
版　　次：2022 年 1 月第 1 版	
印　　次：2022 年 1 月第 1 次	
书　　号：978-7-5127-2076-3	
定　　价：49.80 元	

版权所有·侵权必究 （如有印装错误，请与发行部联系）

世间万物,
依靠太阳而生长化育、运行敛藏,
天道自然,周行而不息。

女子这一生,
同样遵循这样的规律,
要滋养自己、滋养家庭,进而滋养社会。

女子向阳,
就是要让世间女子获得天地自然之能量。
那么如何做呢?

每一位女子内心都有一个"太阳",
将内在的"太阳"与外在的太阳相连,
即可获得能量供给,
让生长得以旺盛,收藏得以圆满。

  地上的生物有千百万种,但我们深挖它们的根后,发现它们根脉相连,出自同一个母体,连接它们的是一个根本——"爱"是生命力的起源。

每一处美好都将滤净内心，凝结出一个个晶莹剔透的字，并排成赏心悦目如行云流水的句子，落成可以带你身临其境的话来慢慢讲给你听。

当你感受到一草一木的呼吸时,你就与世界呼吸相通,就感知到了世界。

目 录

contents

序言：让心做自己的太阳 … 001

女子向阳之 16 道光 … 008

第一章 向阳而生——观照内心的太阳

生命的印记 … 020

42 岁 = 24 岁，此生最好的拼搏的年龄 … 023

逆行而上 … 028

蜕皮与新生 … 032

你的日子，去你喜欢的地方 … 036

第二章 向阳而育——让种子自由生长

爱的传承 … 044

安静的 16 岁 … 045

懂你的 17 岁 … 048

追梦的 18 岁 … 055

给女儿的家书 … 062

20 岁，有一颗种子在心底 … 066

21 岁，自己掌控未来 … 071

男子当自强 … 077

写给即将中考的儿子的一封信 … 082

第三章 向阳而长——汲取雨露阳光

学习是什么？ … 088

找到人生的灯塔 … 090

做自己的老板 … 096

化解冲突，让双方都能赢 … 101

心灵觉醒，看见自己 … 107

在学习中，遇见美好的自己 … 112

第四章 向阳而聚——汇集向上的能量

缘起，遇见雪漠老师 ⋯ 118

冥想，万物相通 ⋯ 123

日常之美源于爱 ⋯ 128

在众人面前讲话 ⋯ 134

走出去，温暖更多人 ⋯ 139

向上，向阳 ⋯ 143

第五章 向阳而藏——那些曾经温暖的阳光

记住他们曾经来过 ⋯ 148

天上多了一颗看着我的星 ⋯ 150

永远遗憾的全家福 ⋯ 157

忆外婆 ⋯ 162

奶奶的家训 ⋯ 164

第六章 向阳之旅——远方的太阳冉冉升起

心有空，心有美 … 170

享受孤独，重新出发 … 173

自然古朴之美 … 181

森林覆盖的小城 … 186

一群人的旅行 … 190

后记：读《女子向阳》，让女人活出一道光 … 199

序言：
让心做自己的太阳

当一个人的内核之"心"与太阳系的内核之心——"太阳"相通时，就会成为一个发光体，可接收天地自然之能量。

阳光的孩子

小时候，我们家乡，每当八九月间田地里种玉米的时候，会在玉米地里随意撒些葵花种子。玉米是农村重要的农作物，玉米成熟收获后晒干存放，是牛、猪、鸡、鸭一年的口粮，随意撒下的葵花种子只是点缀，成熟后晒干是孩子们的零食。每天上学、放学都经过玉米地，盼着玉米熟，看着葵花长大，小小的花朵每天跟着太阳转动。葵花长得比脸盘还大，直到花茎撑不起熟了的葵花盘。小时候唱"太阳当空照，花儿对我笑……"时，脑海里想到的就是大脸盘葵花的模样。

长大后才知道，葵花有个很好听的名字，叫作太阳花。

看着太阳花，吃着太阳花种子长大的孩子，从小就应该是个阳光的孩子。

《女子向阳》诞生

《女人向上》出版后，因书结缘，认识了很多朋友，因为向上的磁场能量，朋友们将开心、快乐、郁闷、苦恼的故事互相分享，积极向上的心希望可以找到根本去化解矛盾，变得更好。在探究众多故事的缘由后，反思、总结出万物因果都由心,"心所念,眼所见"成了书友会(指"向上书友会")的名言。这两年的时间里写下了很多身边故事与其中感悟,凝结出了这第二本书。与王茹老师确定书名时,初选为"心所念,眼所见",但"心"的概念广泛,作为人类个体来说,"心"是每个人的核心;在我的文字中,女性的角色是核心;在太阳系中,太阳是万物的核心……万物由心,与王茹老师一拍即合,《女子向阳》因此诞生。

内外核心力量

我曾练过瑜伽,让我受益最深的是核心力量。为什么有些人的平衡感很好,而我连自行车都不会骑?……一个球,有平衡感的人可以稳稳地站立其上,而我,就算站在一个软软的球上,也无法控制自己左摇右晃的身体。瑜伽老师告诉我,将力量及思想集中在肚脐、腹部,想象你就是一个点,随处安放。于是,我懂了身体力量可以集中,专注于一点叫核心。

每一个个体,都有两个核心,一个是内在的,一个是外在的,如人类,内在是自己的心,外在是我们围绕旋转的太阳,两个核心须连通,才能保持能量供给,让生长得以旺盛。"女子向阳",字面上的理解是,女子须阳光、积极地看待一切烦琐复杂的人生经历,这是由外影响内的"向阳";另外,我们常说"不忘初心,砥砺前行",这个初心就是我们内在的太阳,当寒冬的太阳不温暖时,我们心中的阳光要永远灿烂,这就是女子向阳的核心含义。

女性，在一生中承担了各种角色。女性不仅需要让自己生长得底蕴深厚、达礼通透，还需要如土地滋养生命一样，让身边的人、事、物变得更好，这是我们身为女性的责任。在此，希望《女子向阳》这本书可以为女性带来生机勃勃的力量。

顺势而生

在宇宙中，我们只是一个微小生物，要随太阳顺势而生。

每一个个体都是鲜活的，有着生命与自主呼吸。我们身边的一切，不管其大小与形态，只要存在着，就是有生命的，是这个世界的一个细胞，只是以不同的方式存在着，就像你身体的细胞有千千万万个，它们有着不同的作用，我们不会觉得它们没用。所以，我们要尊重每一个存在的生物体。

女子向阳，就是我们找到了自己的核心，我们既要知道作为一个更大个体中的细胞，我们牵引、行走的核心是什么，也要知道我们这个独立个体的核心是什么。这些核心就是我们说的"阳"，首先是太阳，我们是地球上的生物，地球绕着太阳转，太阳就是我们应该朝向的方向，遵从太阳的规律就是顺势而生。例如，日出而作，日落而息；例如，有阳光的地方才能生长、要温暖才能长久；例如，在太阳出来的时候我们头顶要朝向阳光……我们应该遵守，而不是背道而驰。

作为一个个体，我们的核心是什么？是我们的心。我们的一切行为都遵从我们的内心，心是人的根本，女子向阳，就是要相信"心所念，眼所见"，修好自己的心，就会得到美好的一生。

"心所念，眼所见"

　　大道自然，万事万物存在都有规律，只是我们身在其中无法感知罢了。每一个生命的存在，都在于它可以带给周围生命更好的价值。我们的存在也一样，我们可以让身边人更好，这是我们存在的价值。为了做到这点，首先我们自身要变得更好，因此我们必须具备"心存美好"的根，保持积极向上的"心与愿望"，才会遇见幸福，被幸福围绕。

　　当然，每个人都是平凡的生命，吃五谷杂粮、有七情六欲，难免会有不如意或心情低落的时候。无法积极向上、心存美好怎么办？我们本是大自然的一分子，此刻，小生命应该回到大自然的怀抱中去，用眼睛看看葱郁的生命，用耳朵听听欢快的声音，用鼻子呼吸自然的清新，与高山大海、蓝天绿树为伴……

　　"心所念，眼所见"，用感知到的大自然的美好生命力去影响小生命体低落的心，"心"与"眼"在生生不息的大自然成长规律下彼此成就，相信会心随所愿，得到有价值并幸福的一生。

　　《女子向阳》，一本平凡的书，读了它不会让你以后不再遇见苦难，或许只会让你在各种经历中，知道该以怎样的态度与心念去面对，这算是本书带给大家的意义。

　　当心与太阳相连，这是通透的能量；活得通透，这是对他人最好的评价。

以前尚不知其中之义，如今有所了解，就是当人的核心——心，与太阳系的核心——太阳相通时，才会成为一个发光体，成为一个健康而有生命力的细胞。那些淤积太多、不通透的细胞，无法与太阳相通，得不到太阳的养分，就会慢慢萎谢，自动脱离组织。

希望《女子向阳》可以为读者搭建起我们"心"与"太阳"相连的桥梁，让我们时时刻刻都是一个发光的生命体，愉悦自己，快乐他人，世界因我们的存在，变得更好一点，这一生足矣。

感谢

感谢命运，让我的前行路上总会遇见这么多美好的伙伴；让我认识到天外有天，让我了解每个人内心的真善美；让我发现，美好的人会与美好的一切相遇，美好的磁场会越来越强；让每个个体变得更加美好。

感谢王茹老师及团队抽丝剥茧地整理出了第一本能量书——《女人向上》，又再次精打细磨出第二本磁场书——《女子向阳》，你们是最出色的雕琢文字的匠人，你们让书落地成形，让美好源远流长。

感谢书中提及的老师及朋友们，在向你们学习的同时，不仅让我增长了见识，而且所留下的在学习中如何从思考到通悟过程的文字，会让更多人得到成长。

感谢只见过一面的雪漠老师，你的思想与能量一直指引和帮助我前行，"向上书友会"因您而生，谢谢您的学生兴婷老师一直传播着大爱。感谢"向上书友会"的朋友们，每次来到这里，你们脱下重重的"壳"，坦诚地拿出一颗柔软的心，我们在一起，向上的能量给心注入了力量。在这一年的时间里，你们的故事与经历让我反复印证着所学所用，帮助了我，也帮助大家一起向上成长。

特别感谢摄影师肖子力、林家锋，为此书拍摄的封面照片及书中的部分插图，相信美好的人会与一切美好相遇。

最后感谢我的家人，多么不易的2020年，是你们一直在身后默默支持着我做自己喜欢的事，给我充分的理解与信任，才得以让《女子向阳》在今日与大家见面。

最后祝女子向阳，茁壮成长！

袁红艳

女子向阳之 16 道光

任何一位女子,都可以发出自己的光芒,照亮自己、点燃他人、温暖天地。

《女子向阳》这本书凝聚着 16 道"向阳之光",它们在生活琐事中、在工作成败中、在学习感悟中……平凡而简单,却蕴含着一个女人非凡的智慧。

带着思考细细品读这 16 段话,带着探索慢慢阅读《女子向阳》这本书,相信你也可以成为一道温暖的向阳之光。

遇到任何事，只要我们记得，
心一直都在，太阳一直都在！
我们选择感受太阳，心向阳，
我们选择成为太阳，自发光。
心向阳，自发光！
当我们允许自己百分百地绽放光芒，
不仅会点亮自己，
还会点亮周围的世界！

照亮自己

No.1 心所念，眼所见
女子向阳之16道光

大道自然，万事万物的存在都有规律，只是我们身在其中无法感知罢了。每一个生命的存在，都在于它可以带给周围生命更好的价值。我们的存在也一样，我们可以让身边人更好，这是我们存在的价值。为了做到这一点，首先我们自身要变得更好，因此我们必须具备"心存美好"的根，保持积极向上的"心与愿望"，才会遇见幸福，被幸福围绕。

No.2 不忘初心
女子向阳之16道光

找到我们心底最真实的价值观后，或许才能真正地认识自己，并清楚自己到底想要什么，初心是什么。

No.3 生日纪念

女子向阳之16道光

　　一年的时间那么长，经历过的人与事那么多，待一岁结束时，在生日前这一天让自己安静下来，好好地感受和回忆一下这一年记忆犹新的事情，沉淀与反思这一年的闪光点与不足。时间会冲淡一切，每一年将这些感受记录下来，每当再回头看时，常常会被自己感动到哭泣。因为这些记录会让自己不忘初心，对照过往的努力，鞭策今天不算努力的自己，谨记不可辜负的年华，开启崭新的一年！

No.4 巨人视角

女子向阳之16道光

　　我们在大自然的眼里就像蚂蚁，我们在自己的空间里与大自然和谐生存，就会相安无事。但若人类太自不量力，破坏自然环境，就一定会遭到大自然的惩罚。在大自然面前，我们要知道自己的渺小。

点燃他人

No.5 恋爱标准
女子向阳之16道光

无意又刻意地与孩子谈到了好男孩的标准——有责任感、积极、有上进心,以及好女孩的标准——不依赖、独立自主、有自身价值。对于17岁的孩子来说,有喜欢的偶像或有好感的同学,其实没有错,健康、积极的偶像或同学的影响力,在这个年龄阶段甚至会超过父母。所以,与其防不胜防地限制他们去接触,掩耳盗铃地不去提及,不如正大光明地探讨,达成明确的共识标准更为重要。

我们明确了共识:追随喜欢的人与物,都是为了让我们更加进步,否则,远之。

No.6 家庭角色
女子向阳之16道光

一个充满爱的家庭中,每个人都很清楚自己在家中担负的角色与职责,并尽自己最大的努力去做好自己该做的事情。同时对其他角色负责的事情也给予充分的信任。每个角色都尽情发挥着自己在家中的作用,目标只有一个:通过自己的努力,让家变得更好!分工清晰、充分信任、时常鼓励,家里自然就和谐友爱了。

No.7 旁观者
女子向阳之16道光

作为20岁孩子的父母，应及时转变角色，从参与者变成旁观者，不去过多干扰孩子的思想。我们应相信，20年来，积极向上的父母已经潜移默化地在孩子心底种下了种子，种子已开始自由生长。父母该做的是，把固有的围墙推倒，把屋顶掀开，让孩子看见更广阔的天空，让他们朝着阳光自由成长，这是天下父母对于下一代的愿望。

No.8 化解冲突
女子向阳之16道光

最好的冲突解决方法一定是双方共赢，而非谁赢谁输。

当我们与人产生冲突时，该怎么办？该如何化解冲突呢？

1. 事件是什么？
2. 事件的起因是什么？
3. 利益方都是谁？
4. 解决方法是什么？

将以上几点一一梳理出来，应对冲突，便游刃有余。

No.9 审美观
女子向阳之16道光

我们从对这个世界一无所知，到一生都在探究这个世界，年龄越长，越喜欢最简单的东西，因为越来越知晓，一切都是身外之物，这种时候，自然淳朴的东西，就成了我们觉得最美的东西。审美的改变，取决于我们的内心。美其实是一种爱，当我们的心是有爱的，才会觉得美。美了自己又美了别人的才是我们的审美观。

No.10 妈妈的传承
女子向阳之16道光

妈妈在你14岁时定下的目标，每年给你写一篇文字，每年的这一天，妈妈都会坚持去做这件事。虽然一年才一篇，但当十年、二十年过去后，这厚厚的一叠文字会是妈妈的一笔重要的财富，也会成为你成长路上一份最珍贵的礼物。当你成为妈妈后或许也会将其传承下去，为你的孩子记录成长。用文字记录孩子成长的方式也许因此而世代相传，这个当年立下的平凡小目标在多年以后就成了一件世代相传的伟大的事。

温暖天地

No.11 觉醒法
女子向阳之16道光

不接受自己的缺点，就不会接受别人的意见，而只相信自己的决策，因此走不出自己的思维限制，这就是"瓶颈"。

只有承认自己的渺小，相信身边有比自己高大的人，承认他们可以看到不同的维度，能给我们指明方向，这样成长才会快一些。

No.12 学习法
女子向阳之16道光

在学习中，10%源于老师传授，20%源于分享，70%源于落地实践，这样，老师传授的东西才能真正属于你。关于20%的分享，不是你把老师讲的内容重新讲一遍，而是把老师讲的内容经过自己的理解，联系自己的真实经历，真切领会其中的内容，用自己的话与大家一起分享感受。不管是自己看书、听老师授课还是参观学习，养成一边读（听）一边反思的习惯，学习才会事半功倍。

No.13 悟生死
女子向阳之16道光

除了长辈以外，身边的朋友、同学、同事也有因为突发事件离我们而去的。因为突然，才更觉得生命可贵，内心深处忍不住惋惜、伤感。念及已故友人的音容笑貌，把在脑海中曾经相处时的记忆化为文字祭奠，只为留下那永远青春的模样。

懂得感恩，方知今天存在的责任。过好每一天，胜任好每一个身份角色。在未来我们老去离开的那一天，也希望有后人为我们记下曾经来过的百千个字，他们会说：因为你来过，我们变得更好了。

No.14 学冥想
女子向阳之16道光

冥想其实就是给自己一些安静的时间，让自己的心与天地相连。

最简单的冥想，安静专注、心无杂念，最终定能生慧。

No.15 演讲『三心法』

演讲"三心法"：

1. 要有提纲；
2. 要说"人话"；
3. 感动自己，方能打动他人。

No.16 心安静，『六观』开

当心安静，感受世界的"六观"就打开了，你能看见、听见、嗅到、尝到、摸到、感知到生命细胞的生长。此时的你正与大自然同呼吸，跟随着大自然的脉搏跳动，与大自然一起顺势而生。

当一个人平静喜悦时,能量向上而生;;而当一个人焦虑烦躁时,能量则向下而降。

第一章 向阳而生——观照内心的太阳

生命的印记

岁月蹉跎，认真走好每一步，每一天都过得充实而值得，每一个脚印都像一个文字，为人生谱写华章。

每个生命都是一个独立的个体，性格会有所不同。这些自带的品性会指引生命个体一生的行走轨迹。在小的时候，我们只是由着自己的性情去做喜欢的事情，我们在做的时候也不知道为什么喜欢它。但随着年龄的增长，我们发现，曾经的喜欢，给自己带来了终身受益的积累，例如，看了很多书、画了很多画、写了很多字、打了很多球、走了很多路……

一直愿意前行的我们，在未来，会感谢年轻时坚持努力的自己。

在我家里，有曾经参加会议时戴过的参会牌，有新买的每一件衣服留下的备用扣，有坐过的每一程飞机的登机牌，有用过的笔芯空管，有每一年使用过的台历，有见证我成长的每一本工作笔记本，有经历过的快乐与悲伤而留下的文字记忆，有每一年生日或年尾时给自己生活与工作写下的成长总结……我的品性就是认真过好每一天，希望点滴印记给自己的一生留下脚印，日复一日、年复一年，当年多不值钱的一段话、一张纸、一颗扣子，都成了如今千金不换的宝藏。

生日给自己写东西，还是从十四五岁时开始的，一首首稚嫩的小诗透露着多愁善感。上了大学后，认真努力，性格很冷也很酷，喜欢的颜色是黑色……不管是灰色还是黑色，能为自己写东西的年龄都是可以触摸内心感受的阶段……到了开始创业的那些年，没有写过一个字。那些日子里，为了扎根活下来，便认真努力地拥抱着生活中所有的甜和苦，每天解决着生活随时抛下的大石头、小石块……哪有时间想昨天，更没时间畅想明天，认认真真地过好今天，活下来就好！

直到37岁那年，重新提起了放下十多年的笔，开始与自己对话，思考过去与未来。一年的时间那么长，经历过的人与事那么多，待一年结束时，在生日前一天让自己安静下来，好好地感受和回忆一下这一年记忆犹新的事情，沉淀与反思这一年的闪光点与不足。时间会冲淡一切，每一年将这些感受记录下来，每当再回头看时，常常会被自己感动到哭泣。因为这些记录会让自己不忘初心，对照过往的努力，鞭策今天不算努力的自己，谨记不可辜负的年华，开启崭新的一年！

过往的记录不仅是一种鼓励，更是一种对自我的鞭策

当你看到以上这篇文字后，或许现在就有给自己写下一岁一芳华记忆的冲动。其实，我想说的话还没有说完，继续看完再做决定吧！

在20～30岁的年龄阶段，虽然我十几年没有给自己留下任何文字，却一直脚踏实地地书写着我的创业人生。我从没有后悔过这些年文字的缺失，这样自然的结果反而让我感悟更多。在成长过程中，每一个生命都要经历很多阶段，我们不用急于求成地去学习与模仿他人，只需尽自己最大努力做好这个阶段该做的事情就好。例如，该拼搏的年龄我们不用时常回忆，不用花费太多时间去畅想未来，此时的我们最应该做的是集中时间与精力做好今天该做的事，这就是留给自己最好的印记。

　　岁月蹉跎，认真走好每一步，每一天都过得充实而值得，每一个脚印都像一个文字，为人生谱写华章。

42 岁 = 24 岁，此生最好的拼搏的年龄

每一个时刻都不能放弃让自己变得更好。

42 岁，又是一个风中的生日，4 年前的台风叫海鸥，今年的台风叫山竹。

整个广东沿海城市都处于警戒状态，家家户户门窗紧闭，街上只有风在肆意席卷，呼啸而过。我坐在舒适的房间里，伴着花香写下我的心情，可以如此安宁是因为有一位始终能给我安全感的先生，在任何时候他都会把我安放在最安全的位置。

回看 4 年前的今天，外面同样大风大雨，但字里行间看见的都是开心与快乐；今天的我，思绪很乱，无法专注，写出来的文字零零散散，甚至不知道想表达些什么。

为什么会这样？

这一年，有些忧心忡忡。

没有了收放自如的洒脱，因为一直处于放任的状态，何谈收？工作上没有进步，自我存在价值开始降低，担忧失去存在的价值。

个人学习方面,由于心里一直惦记着《女人向上》的出版,于是把一切学习计划都搁置。结果,时间一晃而过。

把最大的精力放在了年初陪孩子参加艺考,年中记挂孩子高考,然后是录取,然后是入学,然后就马不停蹄地来到了42岁生日这一天。孩子十年寒窗后终于有了一个阶段性的结果,但我却缺失了个人的工作与生活。

而一直激励着我不能落后于他,不断努力工作的目标"对手"——我的先生,今年很拼、很优秀,全力以赴地建造着他的"大楼"。这一寸寸长高的楼层,只有他自己知道花费了多少时间与精力。他还不断开展着公司的新项目,每一天都自信、充实地忙碌着。而我,对比起来显得游手好闲。

先生说:如今是他的第二次创业。而我却像极了生活在安乐窝里不思进取的老板娘。

这一天写下的全部文字用来回望走过的41岁,而对这刚刚过去的365天,自己并不满意。

每一个人祝福生日时,都会说"生日快乐"!在所有人面前,一定要快乐,他们都是为了你的快乐而来;而给自己写的文字,一定是最真实的,为了多年以后可以看见此刻的心情。用虚无去掩盖真实,只会让自己一直虚无下去,坦然面对或许才是改变这种状态的前提。

而今天,我不快乐,因为我不满意这一年自己的状态。

人是大自然中众多生物中的一种,一生都遵循大自然的规律,起起落落、高高低低,它不会让人一直处在情绪高昂期,会在合适的时候让你变得低落,在低谷时更应该好好地反思,这个结果源于什么?找到了问题,就是重新出发的时候。

是什么东西撑着自己高昂的头呢?工作、生活与个人,这三者是让自己持续自信的三个支撑点。它们中的任意一个缺失或塌陷，都会让我失去平衡，变得焦虑不安。

每天都忙于埋首过日子，迷失其中却碌碌无为，支撑点在一点点坍塌，身陷其中却没有察觉。

在这样一个自我回顾的日子里，停下来好好审视自己，才发现原来自己的世界已经变了形，拨开迷雾，让我看清了塌陷的方向。

说到工作，我不想把上半年为女儿高考奔波作为忽视工作的借口。

在下半年，我快速重新找到切入点——从小事做起。如今的公司就如一个大户人家，很多角落都出现了漏洞，因为牵涉的事情很多。认真、执着地从细微之处介入，厘清里面每一个环节涉及的岗位和职责，将原有的不必要的流程去除，添加合理的步骤与分工，将每一个矛盾点分解、重置，不停止思考，不安于现状，坚定信心往前走，就一定会一路收获。

在个人提升方面，不能再把一切都聚焦在一件事上，给自己找借口放弃应该做的事，这些放弃都是懒惰的表现。今年生日过后，将继续执行个人的学习计划，每一个时刻都不能放弃让自己变得更好的信念。

既然清楚缺失了什么，知道了问题所在，平复心情后就该马上行动。

正写字时，公司里一名一直默默守候在我身边的员工发来了短信祝福，她做了一个微信相册，里面的相片都是她在日常生活中一张张保存下来的，写的每一句话都真实得触动我心。在这个大风大雨的日子，感谢一直站在我身后默默守望保护着我、爱我的人。

昨晚，几个姐妹提前为我准备了个粉色生日聚会，简单精致、快乐幸福。今早，办公室里堆满了爱我的人送来的鲜花，不管多少年，他们都会记得这一天属于我。清晨，爸爸妈妈的祝福电话准时响起，而我永远不变的第一句话就是："谢谢爸爸妈妈生下了我。"

多少祝福环绕在耳边，我本是世上最幸福的人。

快乐起来，为自己，也为这群一直陪伴、守候且爱我的人。

在一个朋友的提示下重新理解了"逆龄"的意思，42岁的我今年应该活出24岁的样子。

回头想想24岁的我，那时进入了人生的新阶段：24岁，做了母亲，在家庭中多了一份责任；24岁，在工作中，年轻无畏，大胆前行！

每个42岁的人，都应该回到24岁的心，再次创业，再次出发，重新开启新生活。

42岁=24岁，属于此生最好的拼搏年龄。

向阳之光
生日回顾

在这样一个自我回顾的日子里,停下来,好好审视自己,才发现原来自己的世界已经变了形,拨开迷雾,让我看清了塌陷的方向。

逆行而上

在幸福中，勇敢地为责任去争取爱，真诚地用智慧去传播爱。

43 岁的生日这一天，我坐在飞往法兰克福的飞机上，在万里高空中孤独而安静地过了这个生日。

早在 10 天前就开始断断续续地写这篇文字，这一年有太多值得记忆的东西需要留下，10 小时的飞行时间正好，可以不被任何打扰地写字。每一年都有机会出次远门，今年巧遇了这属于自己的重要的一天。

上飞机前看了一篇短文，讲的是什么叫"教练式的管理"，就是懂得倾听，发现内心，并激发潜能。我理解一个优秀的教练在懂得别人前需了解自己，懂得同理心，才能对各个年龄段及各种角色所做的一切表示理解，要像一杯解渴且温和的水，让对方情不自禁想喝下并渗透进心里，在内心深处找到问题的根源，解开纠结点，并从内心产生愿意改变的自驱力，这样才可以称为一个好的教练。我们换个角度想想，如若一个教练抱有个人主观意见，在倾听时就不断否定倾诉者的想法，就如一个带有棱角的硬物，让对方望而生畏，不能走进对方的内心世界，导致不能治本。

做管理就是做教练，不是去管控大家，而是想方设法去激发大家内心深处的巨大能量。

43年来，我给自己的总结是"幸福"，我的愿望是："我和我身边的人一直幸福下去。"

说到我的愿望，在心理学课上花了两天时间提炼自己的价值观，我得到的结论是："在幸福中，勇敢地为责任去争取爱，真诚地用智慧去传播爱。"所以不管是深思熟虑后的提炼，还是脑中瞬间跳出的语言，我都不约而同地得出同一个结论——缔造幸福、传播幸福，这是知行合一的体现，证明这的确就是最真实的自己。

北京时间16日凌晨，是德国时间16日的下午6点，我陆续收到几位好友及姊妹发来的生日祝福，有爱我的人的记挂与问候，是件幸福的事情，一段文字、一幅画、一个小视频……这些专属的生日礼物都有脉搏跳动般爱的温度，看见它们的一瞬间，就能让我感受到他们准备这份礼物时的温暖。为了留住这些记忆，我唯有抓住心中掠过的丝丝缕缕的爱意，把它凝结成文字，将这本来无形的心情一点点描绘出一幅有形的画面。不管未来老成什么样子，戴着老花镜看见这些文字时就会想起那些年轻岁月中遇见的温暖。

新办公地址金富大厦从2017年11月开始动工，到2019年7月全部搬迁完毕，历时将近2年时间。在那么多天里，天知道先生遇到过多少难题，但我却从没有听过他一句抱怨。没有依赖的人，既然选择了开始，遇到问题就要解决问题，坚持向前走是唯一的方向，有怨言的人是因为可以选择结束。而没有退路的人永远都只会认为遇上的这一切都是最好的安排。大楼建设的这段时间里，我这个当家女主人走进工地的次数最多不过5次。

大楼建设的后期，先生脾气十分暴躁，我深知帮不上他的忙，只能尽己所能安抚着团队人员，让大家理解他的难处。跟随他的人都非常敬佩他的胆识，从不质疑他带领我们前行的方向，我们都尽可能地去完成自己该做的事情，至少在公司正常运营上少给他增加烦恼。对于一个在旧址扎根经营20年的公司来说，建设、搬迁本已是一个大伤元气的工程，又加上2018年到如今，汽车行业正经历着变革。经济的下行，共享的变化趋势，品牌厂家的压力，等等，让很多汽车经销商利润下滑，困难重重，退网的比例大大增加。此时的我们就如一棵成长了20年的树，移植后根脉需要大量养分适应新的环境，需早日长出新的根须扎根土壤，焕发生命。但此时正逢外界雷雨交加、气候恶劣，我们这棵大树既要顽强生长，又要抵御风寒，解除内忧外患。事实既然已无法改变，我们能做的就是该做什么做什么，不要把时间再耗费在谈论世事如何艰难上。

逆行而上！2018年底，我们收购了一家店；2019年，又申请筹备两个新品牌店，并都在同年开业。一群志同道合的人相信领头羊的决策，想尽办法把它做好。

先生给我的幸福，不是那种小鸟依人的温柔与浪漫，而是陪伴前行路上一程又一程的风景。从没有担心过会迷路，因为有他就有方向。一路上虽然不是天天都艳阳高照，却始终有依靠，坚持向前走，他给予我的将是一片更高、更广阔的天空。

有一天，在车上电台里突然听见这句话，触及我的心底：

世上哪有什么岁月静好，只是有人愿意为你负重前行而已。

43年了，感谢父母的养育，感谢先生的一直呵护。

向阳之光
逆行而上,才有成长

人生逆行而上,才有成长。

外界雷雨交加、气候恶劣,我们既要顽强生长,又要抵御风寒,解除内忧外患。事实既然已无法改变,我们能做的就是该做什么做什么,不要把时间再耗费在谈论世事如何艰难上。

逆行而上,会遇见另一番风景。

蜕皮与新生

44 岁这一年，遭遇全球新冠肺炎疫情，遭遇最冷的行业寒冬。这一年不同寻常，这一年遇见"女子向阳"。

妈妈说她在生我的前一天，看见院子里有一条大青蛇，第二天便生了我。我妈说我是蛇变的！可是，我这辈子，最怕的就是蛇！

蛇每次蜕皮时最痛苦，但只有蜕了皮，才能长大。

蛇每年都要蜕皮 3~4 次，一生中总在蜕皮，也总在成长。

2020 年，应该是我们这代人一生中记忆深刻的年份。若干年后，不厌其烦重复唠叨着的也会是这不平凡的一年。全世界都发生了疫情，大家都经历着这一生中最可怕的黑暗。真正的无助不是遇上了黑暗，而是不知道黑暗何时才是尽头，何时才会天亮。这些日子，在黑暗中，带领着 400 人的队伍，不敢睡去，担心一睡下就没有信心再爬起来，不能停，要行动，虽然天天没有客户，却一直坚守着岗位。唯一能做的事就是对角角落落进行消毒，满楼的消毒水味道让员工安心，让稀少进店的客户放心。

庞大的机器一旦停止，就算能挺到天亮，也不一定能再启动。一旦身体与思想停止，就意味着我们的信心消耗没了。

这是不太寻常的一年，公司在运营方面不仅没有在黑暗中停下脚步，反而一举拿下几个新项目。这些项目在这最艰难的一年，要活下来需靠"大本营"输送养分。但更难的是，"大本营"在今年不仅面临经营环境的艰难，还面临着同城竞争对手的夹击。本来不大的市场不仅要分羹，还要拆分本来就低的利润。但既然已经没有了选择的权利，就积极地面对每一天该应对的考验吧。

新的项目接二连三，我们的人员储备并没有做到紧密衔接，很多工作虽然已经开展了，却不能立刻取得好的结果。负重压力大，当内心与行动不在一个频道时，情绪出现焦虑和烦躁。那就勇敢面对前行中的每一个困难。激发有愿望、敢于挑战的年轻人，打开思路去遇见不同行业的有才之人，打破常规、激活有经验的老同事走出舒适圈，打造出新的有活力的团队来迎接变化和发展。

因为管理着不止一两家公司，总经理的体系管理也是我们迫在眉睫需要面对的问题。于是通过每日的实时数据、系统模板的建设，将管理透明化，同一岗位的人通过数据的比对可以互相学习，打通了每家公司之间的墙，让大家看见彼此，知道自己的差距就知道自己该做什么，形成员工的自我驱动力。

对于一个个新项目，不敢抱怨，因为我们既是创造者，也是决策者；对于同城已经白热化的竞争，也不敢抱怨，因为抱怨从来解决不了问题。面对竞争，我们能做的就是不断思考、不断行动、不断调整。一切新的事物出现就会打破原有的平衡，在左右摇摆时，平衡木上的我们只有不断调整自己，直到重新找到与新事物之间的平衡。如果自己不为之改变，摔下平衡木被淘汰的只会是自己，因为任何强大的事物都不要妄想与大自然的规律相抗衡。

《女人向上》带给我人生新的起点，从这一年开始，很多人叫我袁老师。

我们每日都在向前行走，因为一些已养成的习惯，逐渐累积，有了一份新的收获，这份收获就像一把打开宝藏之门的钥匙。打开门后，走进去，原来这里有一片鸟语花香的快乐天地，继续怀揣着一颗美好的心向前走，又将呈现出另一片或许更加广阔的天空。就这样，脚踏实地前行，不断在行走中修行心灵，当灵魂与身体逐渐合一时，便会成就一个具有质感的人生。

这一年的自己，通透干净、心身合一。心灵可以跨过万里，带着肉体去到想去的地方，可以饱览风景，与花草一体，潜入心底……像一滴水或一阵风，与其相融，成为身体的一分子。灵魂找到了安放之处，开始了我这一生最重要的使命，带着灵魂的"我"去承担这一生该履行的责任。

我的人生从此变得更加有意义。

心中一直根植有爱，在两年的心理学学习中催化发酵，加之不同老师与同学给予的点化。《女人向上》出版后，我遇见的人与事，人生百态的故事，不断地实践与验证着我认知的根源，这本书是让我迈入人生高阶认知的媒介。以前的自己，只是身体在行走，想得更多的是如何通过努力让自己变得更好，让身边人变得更好，而当有使命的灵魂驻足到我的身体里，"我"可以感受到能量磁场的存在，可以看见个体生命内在的淤积，灵魂与身体合一，希望有生之年更好、人类更好、世界更好，希望通过我能看见的磁场流向去影响身边的人，引导大家一起朝着万物生长的方向靠拢。

44岁，到了一个新的圈层，我积极努力地调整自己去习惯适应。离开了舒适圈的我们，身心都在外部环境的影响下被痛苦地煎熬着。要保持微笑，要始终铭记，这只是长大蜕变前必经的身心痛苦而已。

你的日子，去你喜欢的地方

没有鲜花，没有礼物，没有仪式，只是在属于你的日子里，想陪你去喜欢的地方，做你喜欢做的事情，吃你喜欢吃的东西……迎接新生的自己。

2020 年 9 月 15 日 23：12 分，44 岁生日前一天。此刻，在丽江的客栈里，敷着面膜，盘腿坐在榻榻米上敲字，躺在床上的先生已经传来了均匀的鼾声。木窗外小河水哗啦哗啦地从屋前经过，这是玉龙雪山上的雪融化后，顺着山涧流向了古城的河流，环绕着这座小城。以往，溪流犹如小城的乳汁，养活了小城人，是小城人生命的源泉；如今，这溪流是小城这个生命体的血液，有流动就有心跳，有心就有生命。

早上 11 点到达古城后，我们放下行囊，漫无目的地从古城外的南门一直沿着新城外街走到北门，中间只隔着一堵墙，世界却截然不同：墙外车水马龙，是现实中为生活忙碌的人们；墙内鸟语花香，是闲情逸致、过着小资生活的悠闲的人。两个世界，两种生活态度，在小桥流水吉他民谣中会忘记红尘中的自己。

每一年来丽江古城，临街商铺一茬茬地变化着。如今少了很多鲜花饼，但买枣糕的人却排起了长队；少了很多布衣长裙，却多了很多为游客扎夸张脏辫的店铺……以前，五一街的尽头挂着牌匾的手工银匠、大石桥旁的布拉格咖啡馆、摆满珍藏旧物的旧时光咖啡店、陪伴我写下几十万字的"猫的天空"……如今都没了踪影，唯有小石桥旁的布农铃店还在继续营业。店里挂着大大小小的马儿脖子上系的铜铃，叮叮当当地在好奇的游客手中作响，却鲜少有人会再去关注这铃铛的由来。（很久以前，山路难行，很多生活物资都是靠马儿驮运到山里人家，主人会在马的脖子上系上铜铃，铃声响起就代表家里主人归来。如今，店里的布农铃虽然是光鲜一新，没有了历经千险的斑驳，却是原始村落留下的唯一印记。）

古城的商业气息越来越浓厚是游客们对这座城最多的评价。是的，丽江古城，没有了以前文艺自由的模样。那时的古城，是文艺创作人的聚集地，《丽江慢生活》这本册子每年都会更新，里面记录了很多店家的故事。每年我都会带回一本，想这座小城时，就会翻出来看看自己常停留的客栈、酒吧、咖啡馆。但如今这本册子已经不再编写，因为店铺快节奏的更新，或许还没等到出版，这些故事的主人就离开了这里。商业环境让文艺创作者们没有了生存空间，每一间店铺的租金都水涨船高，而文艺手创出品通常都是那么慢，浮躁的商业导致这座城市丢了让它兴旺起来的那群文艺人的初心。

而我，依旧每年都来。熟悉这座城市的我，心中早已固化了它本来的模样，它的空气、阳光、音乐、慢生活依旧如那些年一样没有改变。你来古城是为了身入其中，你感受到的只有无休止的商业；而我来古城是为了"居高临下"，我眼中这座城只有木屋青檐。

木头匠心

来到白沙路边,一个专卖老木头的店。何谓老木头?就是或者在某座山林里被遗弃了百年,长满了青苔;或者在某个河床上被冲刷了千里,浸炼出了不腐之身;或者在某个朝代就"住"进了一户人家,盛装了多少代的牲口食粮……如今它却来到了一个30岁出头的潮汕小伙子手里。

小伙子姓卓,擅长将老木头做成各种桌子,他给自己起了个名字叫"桌",拆开就是"卓八"。如果你没有看过他的作品,你会感觉他就是一个灰头土脸搞装修的工人,全身永远灰扑扑的。卓八大学时在广东某个设计学院学设计,能画出一幅幅活灵活现的山水人物国画。

他2015年来到了丽江,跟许多文艺人一样被这里的氛围所吸引,便留在了丽江,自己一边设计一边创作,在丽江古城开了一间手工创作瓶子工艺品的店铺。店开了挺长一段时间,游客们也很喜欢他的创作,但纯手工的东西,出品速度很慢,来买的人,给出的价格都是生产线上出产的批量价格,收入实在无法支撑昂贵的店铺费用。在那段时间,卓八常常去拆老旧房屋的垃圾废料里捡拾"烂木垃圾",那些看起来破败不堪的残垣断木,在卓八的打磨下,一件件都成了可遇不可求的艺术品。于是,卓八开始接全国各地的订单,开始了他的雕作老木头的手艺生意。

我特别明白匠人的执着,自己不喜欢的东西不会当成品出售,但创作出一件自己喜欢的作品又舍不得出售,每一个作品从原型到成型都倾注了心血与感情,每一个作品都由匠人的手艺给予它新的生命,与之相连,就像匠人的孩子。只有当遇上了有缘人,觉得某个作品托付给他,会当它是珍惜之物好好对待,不会将之丢弃角落时,才会依依不舍与之别离,走时必定会为它拍下一辑相片，留在记忆里，因为永远不会再有一件作品跟它相同。

一口气买下了两吨木头。两吨？！没听错，其中一块就有一吨多重，是一块很大很大的木头疙瘩。卓八想着把它打造成一个连体的沙发，我已经臆想出了为这块木头打造出的一片风景……同时还相中了一套直径有60厘米的沉木，在山上不知存放了多少年。卓八是在一个养蜂人手上买下的，中间掏空的树桩原本是养蜂人挖出的蜂巢，如今这个蜂巢已经被卓八创作成了两把椅子。椅子最奇特之处在于，虽然是一块中空的老木头，但它居然特别重，一个人搬会纹丝不动。我就喜欢这样的淳朴质感与久经风霜的木头原始的纹路，我幻想着把它放在自家小栈门口，再做个小牌子，把这块木头的前世今生写下来，相信会有很多人喜欢它而为它停留，坐一坐、摸一摸。小栈的每一个物件蕴含的那种生命延续的向上力量都会给看见它的客人带来好运。

喜欢自然形成的一切印记，它们经历了多少年，它们与多少往事相交错，今天它们虽然没有了可以继续生长的气息，但依旧与天地相融。我喜欢它们粗糙的纹路，可以感受到风霜雨雪对它们的侵蚀与抚摸，大自然赐予的样子，简单真实、质朴无华。

白沙古镇

白沙古镇，镇子不大，来回走 10 分钟就可以走完了。游客稀少，路边坐着老奶奶们，身边放着的箩筐中多为自家产的玉米、红薯、葵花籽。奶奶们晒着太阳聊着天，常年微笑形成的皱纹深深地刻画在了她们的脸上，看起来特别的慈祥、亲切，像外婆的模样。古镇村落虽然偏僻，也并不富裕，但她们生活一辈子那与世无争的淳朴、安详，难道不是打拼的我们最终向往的幸福模样吗？

镇子很古朴，却有最纯正的咖啡馆，每位店家脸上都写满了故事。在这里开店一定不是为了赚钱，这里人流稀少，如果为了赚钱，他们会选择去丽江古城。选择来到这里，他们安守着自己的时光，或许在等待着什么，或许选择的是岁月静好，这里的每一个物件或许都有一个故事。通过小店铺的角角落落，点点滴滴的物件摆设，你可以感受到他们的用心和温度。我喜欢这里，是因为我与他们一样，对自己的汽车小栈角角落落都倾注了真心，用天南地北收集来的好物一点点地装点着，每个物件都有一段动听的故事，可以慢慢讲给人们听……

杨柳飘飘，外面下着小雨。第一杯咖啡，在两个外国人经营的小咖啡馆里喝的。那两个外国人，一个在门口自弹自唱，一个在吧台里冲煮咖啡。我坐在门边，小馆里飘散着醇醇的咖啡香。一杯云南小粒，味道正如这个小镇，简单而没有杂质。坐在这个有风有雨有阳光有咖啡有音乐有爱人相伴的午后，只希望这样的幸福时光可以溜走得慢一点儿，再慢一点儿……

第二杯咖啡，在米良咖啡馆喝的。这是一间在白沙开了十年的咖啡馆。

这里的桌椅都很古老，很有年代感，在咖啡制作区域，配套的设备却是最现代化的。现代与古朴相结合，有情怀的环境，有品质的咖啡。一杯焦糖玛奇朵，味道像一位有风韵的贵妇人；一块提拉米苏，巧克力的苦甜与细腻的蛋糕在舌尖上一滑，溜进胃里……淅淅沥沥的雨，满屋的咖啡醇香，窗外的满园肉肉植物，垂檐紫藤，还有隔壁沙发上睡着的一只毛色发亮的大肥猫，只希望这样的幸福时光可以溜走得慢一点儿，再慢一点儿……

白沙，舍不得走的感觉。

2020年9月16日，我44岁生日这一天，见到了有情怀的木头匠人，结识了沧桑百年古木，买了让人心动的作品，去了古朴的白沙，喝了纯正的咖啡，看了一场浪漫的雨……爱我的人一路陪伴着我，遇见这一切美好，谢谢上天给我的幸福，轻轻跟自己说声：生日快乐。

17日一早去了机场，坐了两程飞机，昏睡了5小时。下了飞机，湛江气温很高，很多电话、很多问题迎面而来。我回来了。

45岁，新生的自己，启程。

向阳之光
迎接新生

你的日子，要去你喜欢的地方。

没有鲜花、没有礼物、没有仪式，只是在属于你的日子里，想陪你去你喜欢的地方，做你喜欢做的事情，吃你喜欢吃的东西……迎接新生的自己。

积极向上的父母已经潜移默化地在孩子心底种下了种子,种子已开始自由生长,父母该做的是,把固有的围墙推倒,把屋顶掀开,让孩子看见更广阔的天空。

第二章 向阳而育——让种子自由生长

爱的传承

孩子一点点长大，慢慢地不会再黏着我了，这个时候，我常常会像他们小时候一样黏着他们。他们长大了，我就变"小"了，当他们的个子超过我的时候，我就挽着他们，"挽着"代表长大的孩子可以牵领着我前行了。我还会盯着他们看，怎么看都欢喜。

从女儿14岁开始，我每年一字一句用心写完的每篇小文，都会发给她看，以为女儿或许会如我一样感动，但其实，并不然。这并不是孩子不懂得感恩，对父母的爱没有感知，而是孩子们觉得，爸妈对孩子的爱是天经地义的，可以是感谢，但并不会感动。的确，我们也是这样长大的，小时候不懂父母的唠叨，不懂父母的担心。父母为孩子做的所有，其实也没有想过要什么回报，父母对孩子的爱永远都是无私的。但作为父母，我们相信，我们的点滴作为，都会潜移默化地影响孩子，等他们也为人父母的时候，就会想起父母教会他们的，他们也会像这样去爱自己的孩子，就这样，一代代传承着爱。

现在的妈妈，也是曾经的女儿。

现在的女儿，也是未来的妈妈。

希望将这份爱传承下去……

安静的 16 岁

带着一盆低调的"提神醒脑"的小绿植去看你,你把它放在书桌上,可以每天陪伴你。

今天是女儿 16 岁的生日。

从昨天开始,我就一直跟她爸念叨:"明天轩儿 16 岁了,也不知她会不会给我打电话。"孩子爸说:"孩子生日干吗要给你打电话?"我说:"因为我想她,我想跟她说说话。"

孩子住校,没有手机,我也联系不上她。她打个电话回来,也是件比较麻烦的事。我心里清楚,轩儿是不会给我打电话的,我只是给自己个安慰罢了。

不是她不记得生日,更不是她在今天这个特别的日子里不想妈妈,而是她已经过了那个年龄,已经学会了把开心与不开心都放在心里。

孩子小的时候,父母都希望他们快些长大,而当他们真的大了,不再对你问"十万个为什么",不再在你的耳边叽叽喳喳时,特别是在这样一个特别的日子里,父母心里其实全是空空的失落。

上午 11 点，实在想她，决定去学校偶遇她。其实都不知她几点下课，唯一能遇见她的办法就是在教学楼下面的出口等她。

从 12 岁开始，每年生日我都送轩儿一束花。

12 岁，是一束可以吃的巧克力花，那时候的轩儿是个开心且好吃的娃娃；

13 岁，是一束可爱的穿公主裙的熊 BABY 花，那时候的轩儿喜欢读辫子姐姐的书；

14 岁，是一束金黄色的美丽的太阳花，那个年龄轩儿开始喜欢独处，喜欢纯色；

15 岁，尽管轩儿住校了，我还是买了一小枝梅插在她的房间，它娇艳地开着，等着孩子回家；

今天，轩儿 16 岁了，我想送孩子一束开得五彩缤纷的格桑花。小花虽不娇艳，但干净清爽；虽然它根茎细小，却异常挺拔；虽然它没有花香，但看见它，仿佛满眼都是旷野的花香。

这束花，妈妈今晚放在你的房间，它会等你回来。

因为爸爸说："送去学校，同学看到会认为太张扬了。"于是，我带着一盆低调的"提神醒脑"的小绿植去看你，你把它放在书桌上，可以每天陪伴你。

现在的校园下课时的提示音已经不是铃声了，而是轻松的音乐声。我站在楼道口，有些紧张，担心会看不见你。

你爸躲得远远的，不知藏在哪棵大树后，但我知道他一定比我更认真地看着一拥而出的都留着短发、穿着白衬衫的孩子们。

终于，在同学群里，最瘦的那个、走路快速的高个子，一定是你。

顺着叫声你看向我，你很吃惊，却表现得那么安静；而我，在看见你的那一瞬间兴奋得手舞足蹈。

"宝宝，生日快乐！今天16岁了！"箍了牙套的你抿着嘴笑，我也笑。

很多时候，我自己都质疑站在身边比我高的孩子不是我的女儿，你捧着小绿植，我捋捋你额前的头发，理理你卷曲着的衣领，看看你那有几颗青春痘的脸……此时你眼中的我，一定是最幸福的妈妈。

我陪你去食堂，这段路要走5分钟，也就意味我们能在你16岁生日当天陪你5分钟。你爸在旁边故作镇静地叨叨："见了就好了，为什么还要陪着去？"

其实，你爸是不知道要跟你说什么，找些话来引起我们俩的注意罢了。

就这样，5分钟的陪伴中我一直东拉西扯地问，你一句一句地答，问了什么说了些什么，都不记得了，反正就是很开心，我们俩都开心，你爸跟在后面也开心。一路上同学们时常回头望，我也住过校，知道在学校里有父母来探望是让同学们很羡慕的事情。

路上，有同学祝你生日快乐，你笑笑回应："谢谢。"依旧那么安静。

分别时，我说今天生日要吃点好吃的，然后，看着你消失在大食堂的人海中。

回来的路上，我自言自语地说："轩儿，就16岁了！"

懂你的 17 岁

没有唠叨，没有责难、没有千篇一律"好好学习，天天向上"的说辞，我们总在一起分享着彼此工作与学习中的点点滴滴。

17 岁，真的长大了。

为了写你的 17 岁，我好好回忆了自己的 17 岁。在听音乐时，搜索在自己 17 岁那个年代的歌，让自己穿越，与你在一个频道上，这样才能相互理解，不再主观地与你对话。

那一年，是摇滚音乐最流行的年代，大街小巷都是嘶哑、颓废的嗓门喊出来的音乐，最帅的人就是身穿皮衣、披着长发、挂把吉他的朋克款。90 年代初的年轻人唱的是摇滚，跳的是霹雳舞，父辈喜欢的却是邓丽君、杨钰莹、蔡国庆。愤青的我们喜欢与一切传统作对，在这种安静了几个时代的土壤里破土而生。

高中班里几个活跃不羁的分子组建了个乐队，他们的疯狂让我羡慕，真实的我就像一个被一层薄壳包裹着的生灵，想冲出这层束缚，伸出并不安分的拳脚。但这，不被允许，十几年了，在所有人的印象中，我永远是一个本分、乖巧的孩子。所以，要还原本真的自己，我能做的就是早日考上大学，离开这个自认为是束缚的环境。

我之所以喜欢这些颓废不羁的歌，因为我觉得歌声真实。歌手们无所顾忌，他们沙哑着唱"孤独的人是可耻的"，不知所云地唱"蚂蚁、蚂蚁"，无聊至极地唱"上苍保佑吃饱了饭的人民"……我喜欢在每日奋战到凌晨两三点后，戴着耳机一个人听这些旋律，是一种发泄，更是一种蓄势待发的释放。

17岁的我，忧郁而多愁善感，外表安静，内心不羁。毕业时，乐队里那个叫翔子的同学送了我一盒黑豹乐队的《无地自容》，这盘带子陪我度过了在孤独城市里很多孤单的夜晚。

我感谢在我的17岁时遇上喜欢的音乐，因为它与骨子里的我有共鸣，始终不卑不亢；而17岁的你，阳光快乐。你也喜欢音乐，有喜欢的歌手，你几乎可以唱全他所有的歌。我不认识他，所以我去搜索，了解他的一切，试着听他的歌，为的就是了解你喜欢的东西。结果，在你的影响下，你爸爸还有你还在上小学的弟弟都成了你偶像的忠实粉丝。

早些时候跟你闲聊，我无意又刻意地谈到了好男孩的标准——有责任感、积极，有上进心，以及好女孩的标准——不依赖、独立自主，有自身价值。对于17岁的孩子来说，有喜欢的偶像或有好感的同学，其实没有错，健康积极的偶像或同学的影响力，在这个年龄阶段甚至会超过父母。所以与其防不胜防地限制你去接触，掩耳盗铃地不去提及，不如正大光明地商讨，达成明确的共识标准更为重要。

我们明确了共识：追随喜欢的人与物，都是为了让自己更加进步，否则，远之。

梦想

17岁的我,唯一的梦想就是考上大学,给自己创造一片崭新的天空。我不在乎未来的路会怎样走,唯一的目标就是走出去;而17岁的你,从高一登台开始第一次演讲,到每次主动参与学校的各类活动,不断地吸取经验,在自己的舞台上收获着信心,未来的人生目标逐渐清晰明确。

有一天,你告诉我你要学习传媒播音主持专业,由于那属于艺考,你担心我和爸爸不同意你的想法。我想想后对你说:"艺术作为兴趣,会是以后你人生路上增光添彩的亮点,但如果决定把它作为专业,就会和任何工作一样感到枯燥。这并没有那么好玩儿,你自己想清楚后再决定。"

你还是决定走这条路,于是开始学习专业课程,迎接第二年的高考,这是实现梦想的第一步。

爸爸

17岁的你,已经长大了。不愿意再像小时候那样兴奋地跟随爸爸妈妈去任何一个地方,闲暇的时间多数被补课占用,剩下的时间,你更喜欢静静地独处。

妈妈懂,因为我也这样长大过。而爸爸,不懂。

别人的爸爸在孩子高中阶段希望孩子整天都埋头在学习中,而你的爸爸,尽管自己工作繁忙,却仍会抽出时间准备一次全家人或近或远的出游。

但每次，都因为你上课被浇灭了热情。

因为这个，爸爸常常一个人生闷气。他不会当面责怪你，只会在我的耳边唠叨、责怪，他认准我是真正的"幕后元凶"，我是那个整天安排你补课的人。

其实，你上的每一门课，从选择老师到上课时间安排，都是自己联系并计划的，妈妈几乎都没有参与。但是，爸爸的责怪，妈妈从不会反驳，我理解他的感受：自己疼爱的女儿一天天长大，感觉却离他越来越远。爸爸不是不支持你，他只是太疼爱你，希望你可以给他留一点儿时间，就好。

妈妈

为了你的专业课程，妈妈让你朗读曾写下的故事。为了读好一篇文章，你重复几十遍而去用心感受。当你在一字一句中感悟到了文字中一草一木的美好时，你就懂得了妈妈的心路历程；当你可以用声音打动我们时，你已经明白了妈妈想教给你的生活方式。

没有唠叨，没有责难，没有千篇一律"好好学习，天天向上"的说辞，我们总在一起分享着彼此工作与学习中的点点滴滴。妈妈喜欢告诉你工作上遇到的人与事，你总会认真地听，然后说出你自己的看法，你也愿意告诉我学校生活中的挫败与收获。我们将彼此的世界分享，我们更像独立思考且有自身见解的友人。

其实妈妈是自私的，因为知道你终归要长大，要离我们很远去独立生活，所以现在就要开始训练你拥有自己独立的见解，就算判断错了，妈妈也随时随地就在身边。

建议

为了实现你人生的第一个目标，除了有一份执着的信念，你还要学会为目标的实现制订计划，在忙碌中保持头脑清晰，这样才能事半功倍。

列出1、2、3……是妈妈在学习与工作中最喜欢用的方法，如果你掌握好它，就会培养你头脑清晰、表达清晰、主次清晰、效率提升、干净果断的行为习惯，希望你可以慢慢体会，然后运用到现在的学习中去。

每天习惯给自己制订计划，1、2、3……按照主次顺序，一件件去落实，每做成一件事情都会给自己增添信心，这样的学习与生活才会越来越有意思。

每天将学到的知识、日常感悟到的内容归纳总结出1、2、3……记万个文字肯定不会比记忆总结出的要点容易。

与别人沟通自己的想法时，习惯性说1、2、3……既可以让听者更清楚明白你要陈述的内容，又可以提醒自己在跑偏主题时及时收回来，讲述下一个要点。

因为我们的言行举止、思维方式都习惯了1、2、3……，就成了干脆果断的人，铿锵有力，不拖泥带水，不含糊其词，目标清晰、计划清晰、时间节点清晰。只有这样，才能做成自己想做的一切事情，而不是成为有思想却没有实际行动——华而不实的人。

心愿

明年的这个时候，你就 18 岁了，再过几天就是高考的日子了。我想，明年的此时，妈妈应该依旧可以淡定地坐在这里为你写 18 岁的纪念，不是妈妈一直这么从容淡定，而是妈妈觉得养一个孩子，18 年的每一天都很重要，最后冲刺的几天，与之前许多个日夜并没有什么不同。

17 岁的你，长大了！

愿你可以实现妈妈的梦想：那就是让你的梦想成功实现！

后记

我整整花了 10 小时来写这篇不足 3000 字的小文，写每个字时，都感觉你就坐在妈妈对面听妈妈说话。这一年的你，真的感觉长大了，妈妈回头看了以前写给你的文字，字里行间百般疼惜小小的你，如今面对长大的你，我尝试着调整自己的角色状态，所以洋洋洒洒写下的字都被删除再写再删除。妈妈虽还没习惯，但已经在逐渐适应你的长大。

今年的生日，你的房间会摆上妈妈最喜欢的百合花，因为你已经越来越像百合花的样子——清香纯净。

向阳之光
与孩子共识，恋爱的标准

好男孩的标准：有责任感，积极而有上进心；

好女孩的标准：不依赖，独立自主而有自身价值。

共识：追随喜欢的人与物，都是为了让我们更加进步，否则，远之。

追梦的 18 岁

不顾一切向前走，才是最好的选择。

今天，轩儿 18 岁了。

18 岁意味着孩子可以离开父母独立生活了。我本该高兴，但心情却非常凌乱，是那种患得患失的纠结。

为孩子的 18 岁写了很多文字，本想好好整理后作为成人礼送给她，可内心一直无法平静。索性再等等，等高考结束、分数放榜、填写志愿、录取通知……我相信这些记录，都会是孩子未来最美好的回忆。

有梦就去追

这种陪轩儿执着追梦的场景，也许以后都不会有了。

每去一个城市之前，我都会用小本本记录下一站的衣食住行攻略，下了飞机换地铁，下了地铁换出租车，下了出租车再步行。导航着紧赶慢赶到考场后，轩儿立即打起精神去面对各种评委老师。而我，就坐在正对考场大门的地方望眼欲穿地等她胜利出来。然后，我们去品尝网红小吃，看热播的影片，在每一所考过的艺术院校门前都留下合影……

无论成败，至少我们曾来过。

梦想源于那一场 6000 人的脱稿演讲，彼时，没参加过任何训练的轩儿，在庄严的国旗下慷慨激昂地讲述了自己的"少年强，则国强"的故事。从此有了明确的梦想——学播音主持。

像轩儿这般大的时候，我也有过不知天高地厚的梦想。只是那时候，那个梦只能放在心底。

时间巡回两轮后，终究轮到了孩子。这次，我要陪轩儿追梦！

赶考，我们来了

赶考路的第一站是重庆大学，一排排爬满藤蔓的红砖小楼在葳蕤的树林中若隐若现，百年名校弥漫着浪漫的书香气。

考试的孩子们正排队等进场，轩儿 170 厘米的身高在广东已算优势，但站在其中却显得普通——外面的天空远比我们想象的大很多。

考表演的，漂亮、帅气的是多数；考编导的，比较文艺；而播音专业，形象标致、个子高挑、仪态端庄、气质出众的真的很多很多。

轩儿说，评委听每个人讲话最多只有三句，自己的自备稿件还没朗诵三句，就被叫停了。想想评委也难，几天内要筛选完上万名全国的优秀考生，而最后只招 30 名。只是苦了这些学生与家长，千里奔波换来的只是台上的十几秒。吃一堑长一智，这次出师不利让我们意识到：要把最能展示自己语言特色的要点言简意赅地说出来，这就是最大的收获。

下一站，南京艺术学院。

南京和上海都是孩子非常想去的城市，具体原因，孩子没有说。我猜，应是有位立志上复旦大学的男同学。

南京艺术学院比重庆大学更现代化一些，孩子一下子就爱上了它。

相比于排队的孩子们的光鲜亮丽，旁边站着坐着的陪考家长们就憔悴多了，很多都拖着行李箱，时刻准备奔向下一个城市。当孩子们进去后，家长们个个翘首遥望，不管多疲惫、焦躁，一见孩子们从考场出来，立即起身拍拍灰尘，"哗啦啦"拖着笨重的行李箱笑容满面地迎上去。

南艺的考试，我们怀揣希望。但，我们连一试都没过。

从这时开始，我才清醒地意识到：这条路，绝对没有想象中那么容易。

接下来的每场考试，我们都很认真地对待，但又都没敢抱太多希望。

在上海的两所学校通知考试没过后，在机场的我眼泪莫名止不住地流。一个又一个城市，一场又一场失望。我想起了 20 年前，那个拖着行李箱在各个陌生的城市挤地铁、赶公交找工作，如浮萍般在陌生的城市奋力扎根的自己，想起了那段漂泊流离、不知前路的时光。

孩子的今天，像极了当年那个看不见未来的自己。但不顾一切向前走，才是最好的选择。

在机场写下一首小诗，几番泪眼婆娑。

一站又一站转乘，

陌生的一个又一个城市，
回到了二十年前她一个人的南下。

曾经也为迷茫的前程奔波，
曾经孤独焦虑却无畏坚定。
曾经无数次被拒之门外，
曾经又无数次点燃希望，
只记得她从没有对自己失望，
一直相信梦想的种子，
在夹缝中也能扎根生长。

她二十年走出的脚印，
时常辗转却目标坚定。
今天，她陪伴她的孩子前行，
路遇一次又一次迷茫，
在拖着重重行李赶往下一个机场间隙，
看见了人群中曾经居无定所又孤独的，
自己的青春，
怀揣让父母骄傲的信念，
她一直谦卑谨慎前行，
她从不害怕，她更不会哭，
因为矫情向来需要观众，
而她，没有。

今天，坐在这里，
坐在陪孩子追梦的机场里，
她告诉孩子：
别失望，相信自己，
坚定为想成为的样子而努力。
二十年后，
孩子啊，你也有机会告诉你的孩子，
在机场角落里见到她的故事。

失败经历得太多，很多父母可能会后悔让孩子选择这条路，金钱还是其次，最重要的是学习艺术专业课及现在持续两个月的考试，对于分秒必争的高考生来说，太浪费时间啦！如果最后专业考试没有任何结果，又耽误了正常高考，任谁都会后悔的。

但我没有犹豫，因为选择了，就应该坚定地走下去。对于每一个人生转折点来说，没有任何对与错，只有自己坚定，才能把开始看起来不对的路都走对。另外，孩子在这两个月的考试中，看多了众多态度苛刻、冷淡的评委，但依旧可以自信含笑地表现自己，就是最大的磨砺。

一个月后，我们收到了四川传媒学院的录取通知书。

满屋鲜花的 18 岁

6 月 2 日，离高考还有 5 天，是孩子 18 岁的生日。

在我看来，这是一件非常非常非常盛大的人生大事，因为潜意识里我觉得，过了这一天后，应该给成年的轩儿一个完全属于自己的空间，再不能有太多干涉了。未来，我们将从她人生中重要的引领角色，转变为默默陪伴的角色，难免心中失落。

高考在即，必须认真过生日，但又不能太高调，低调又隆重是最好的。弟弟比我还认真，说要给18岁的姐姐惊喜。

用了一下午的时间装点了满屋子的鲜花，从12岁起，每年生日我都送孩子一束花，太阳花、格桑花、玫瑰花、百合花……今天18岁，我能想到的就是让满屋子都是花。用了8个大小不一的花瓶装上了玫瑰、百合、桔梗……弟弟跟小姨在房间里布置了很多气球，最后姐姐的房间成了一个色彩斑斓、香气环绕、欢乐洋溢的公主房。弟弟还准备了很多五彩的气球，说等姐姐推门进房间时，他再将五彩的气球从楼上抛下，五彩缤纷地飘落，姐姐一定会很惊喜、很开心。

有弟弟真好！

18岁，是一个可以开始享受浪漫的年龄了。轩儿啊，给你鲜花满屋、浪漫满屋，把妈妈想到的最好的一切都给你，只为了以后，若有人想带走你，不容易。

一切都如我们所愿，在姐姐推开门后，鲜花、气球，还有我们一家人满满的爱全都迎面而来。

姐姐在朋友圈说：感动我的18岁，来了！

后记

这一年是陪伴孩子最多的一年,从此后,孩子将离家独自去求学。以后,我们的护佑会越来越少,大风大浪将磨砺她的翅膀。等我老了,老眼昏花,记忆模糊,一定会感谢记下这些文字的自己,看见它,就看见了那一年为梦想星夜兼程的我们俩。

女子向阳
18 岁的梦想

梦想源于那一场在 6000 人面前的脱稿演讲,彼时,没参加过任何训练的轩儿在庄严的国旗下慷慨激昂地讲述了自己的"少年强,则国强"的故事。从此,她树立了梦想——学习播音主持专业。

给女儿的家书

女儿,将独自去成都上大学,从此真正开始独立地生活。对于学习成长、个人生活、男女感情……千万个不放心的母亲都想唠叨一遍,但最后还是决定写一封信。这样可以表达得更清楚,并且留下印迹,孩子需要时可以一看再看。于是特别去选了一个漂亮的笔记本,手写了这封给女儿的家书。

在女儿出发前的一天中午,约她去了一家环境不错的餐厅,我郑重其事地将这封信一字一句读给孩子听。我一边读,一边情不自禁地流泪,其中有太多对孩子远行的不放心与不舍,孩子也泪眼婆娑,母女连心。

信的全文如下:

一、要做怎样的自己

1. 美女千千万,有特点的人也不计其数,如何让别人在一群人中看见你? 答案是有自己的特点。将自己最擅长的做到极致,没有人能够与你相比，你就拥有了自己独一无二的特点。例如，继续学习自己最擅长的英语，加强口语沟通，一直学下去；继续保持你的清纯、干净、素雅，对美有自己的追求与见解，不做流行的追随者，只做自己。

2. 女孩要有主见，有自己的判断能力，不盲从，有自己的思考与见解。

3. 做一个懂得安静的人，每天给自己一段独处的时间，思考今天做过的事，计划明日的事，在总结中成长，在计划中充实每一天。

4. 眼睛很重要。与人沟通，思考学习，一个人的眼睛里有光，可以让人直接感受到其灵性，专注就会让眼睛有光，眼神坚定才会有影响力。

5. 质感。做个有"质感"的女孩，东西可以用最好的，但不攀比、不炫耀。内衣、袜子这些别人看不见的物品，更应该保持干净、质量好。做表里如一的人。

二、如何处理男女朋友关系

1. 母女达成共识的男朋友标准：有责任心、上进心，有思想、话不多。

2. 检验

是否有方向感，出去游玩，能否果断地找到路？

对自己的父母是否孝顺？跟父母说话是否有礼貌？

话不过多，人实在，不花言巧语。

有理想，并且为自己的理想踏实地努力。

如果在读书期间，男孩子大手大脚花父母的钱去讨女孩子欢心，说明他并不懂事。

3. 关于性

值得托付的人，才值得谈性，女孩子要对感情专一。

注意安全，意外怀孕会对女孩身体造成很大伤害，流产极有可能造成不孕，要有防范措施，谨记。

两个相爱的人都会有冲动，但一定要衡量：此人是否值得你的付出？

三、个人生活

1. 床和个人生活用品归纳整齐，干净且有条理，这会影响你的思维习惯。

2. 做个有自制力与计划性的人，说到做到，遵守诚信，不迟到，不半途而废。

3. 常看书、电影、画展、时尚杂志，常听音乐会……提升个人艺术修养，只有常接触美、看见美，才会懂得美，才会越来越美。

4. 保护皮肤，不化浓妆，清新淡雅，知书达理。

5. 不喝酒、不熬夜，干净阳光才是该有的样子。

6. 购买东西要少而精，有质感，彰显大气。

7. 积极主动参加学校活动，锻炼自己，更有信心面对社会。

8. 每天保持运动1小时，最好坚持晨跑，因为早晨最安静，可以在跑步过程中思考；出汗可以保持皮肤红润有光泽；播音专业需要锻炼肺活量。

9. 学习专业知识很重要，这是你自己选择的路，要走出一条属于你自己的路。

10. 与同学相处，不用针锋相对，合得来就在一起，合不来就保持平淡之交，有1~2个好闺密就已足够，不一定非要混个好人缘。

11. 从小到大，因为有爸妈保护，家里给你的都是最安全的，并且你接触到的都是世上尽皆美好的人、事、物。但在现实中，除了美好，还有欺骗、悲观、恶毒、不公平……在外，防人之心不可无的警惕要具备，遇到坏人坏事要有随机应变保护好自己的能力。

12. 积极、乐观、阳光，不管遇见什么样的人和事，当机立断，不要纠结过往，因为每一天都是新的，与其让今天为昨天忧伤，不如让今天成为明天最快乐的回忆。

最后要记住，父母永远是你最坚强的后盾，有任何委屈，爸妈一定都能为你解决，所以你要自信、大胆、勇敢地向前走，爸妈为拥有你这个女儿而感到无比自豪与骄傲。

20岁，有一颗种子在心底

优秀的品性是父母对孩子最好的传承。

奔波后的反思比盲目的马不停蹄向前冲更加事半功倍。所以在孩子懂得反思总结的时候，20岁前的一天，我问孩子："成长到如今，影响你的最重要的事有什么？"

孩子想了想，说："一是上高中那年，自己当上了班长，才发现原来自己也可以。从那时开始，学习成绩不在前列的小女孩开始对自己有了信心。二是当班长的经历让自己在众人面前讲话没有了畏惧，所以参加了第一场演讲比赛，得了年级第一名，从而找到了喜欢的方向，最后如愿考上了大学，学着喜欢的专业，做着喜欢做的事情。三是上了大学后又做了班长，协助老师管理班级的大小事务，虽然会比同学们多做很多事，少了很多私人时间，但开心的是自己所在的班级，一学年下来成了全系最优秀的班。经历后才发现，通过努力，不仅可以改变自己，还可以帮助别人变得更好，自己也增添了信心。"

在交谈后，我们有了下一个目标：争取做学生会主席。引领自己、引领班级、引领学校……未来，希望小小的你可以引领属于你的世界。

小女孩，大梦想。20岁了，我们可以让自己的梦想再大胆些！

从孩子12岁开始，每年送花，每年写下一篇母亲对孩子成长的记忆。以前的文字，多为记录陪伴孩子成长的过程，但今年，孩子20岁了，有自己的思想主见，有自己的朋友，有自己的世界……很多问题都会独立去思考解决，父母的参与少了，父母的角色也没那么重要了。我也曾为在孩子的世界里失去父母的价值而感到失落，但作为20岁孩子的母亲，应该及时转变角色，从参与者变成旁观者，不去太多干预孩子的思想。我们应相信，20年来，积极向上的父母已经潜移默化地在孩子心底种下了种子，种子已开始自由生长。父母该做的是，把固有的围墙推倒，把屋顶掀开，让孩子看见更广阔的天空，让他们朝着阳光自由成长。这样长大的孩子，会比父母更加优秀，这也是天下父母对下一代的愿望。

孩子的20岁，就写写她如今的闪光点与不足吧。

在学校里，做认真的学生，因为学生的角色就是学习。

挑战做班干部，担心自己的实力不能把大家凝聚在一起，成为一个向上的班集体，但只要是为大家好的事、为班级好的事，就会得到大家的支持与理解！

在假期里，去各个单位实习，没有把自己当成一个孩子，主动请教完成领导交代的任务，在每一次实习离开时，大家都依依不舍。

放假在家里，接送弟弟去学校，带奶奶去超市，每天吃饭后做家务，跟奶奶学习做菜……

每一个角色，之所以都能够专注认真，是因为孩子骨子里的责任心，已经成了做事做人的根本。

孩子的人缘不错，与同学、弟弟妹妹相处得都很融洽，不仅是弟弟妹妹的知心姐姐，还自然而然在小团队中成为大家的领袖。这些结果，离不开孩子待人处世的思维习惯。对待同学和朋友，孩子都会习惯性地先看到大家的优点。当需要找出不足并提出建议时，孩子往往还能看到不足背后的根本原因，而不只是单一地去判定对错。有了这样的思维习惯，懂得换位思考去体谅对方，有了可信任的基础，沟通与说服就变得更容易。

孩子眼中的世界是美好的，代表孩子的心是善良的。

孩子像泉水，干净清透

20岁的女孩本来是最爱美的年龄。孩子很美，是那种简单干净的美，像泉水一样透亮。第一天去新单位实习，我提醒她在穿着打扮上稍微重视些，她却衣着朴素，不抹脂粉，戴着大框眼镜就去上班了。她的理由是，大家看见的我就是普通真实的自己，又不是去演出。

所以，当一直朴素的她盛装登台主持节目，表现得淡定自若、大气沉稳时，熟悉她的同事、同学们才发现，原来身边那个戴黑框眼镜的女孩是这样的出众。欣赏孩子的自信与真实，没有伪装、没有炫耀、没有攀比，知道自己的定位，知道自己要什么。两个孩子为人处世的低调，是遗传了爸爸的基因。是的，优秀的品性是父母对孩子最好的传承。

除了以上的优点，孩子身上还有很多不足。

对房间的整理能力，是我每次唠叨她最多的。孩子喜欢收集自己喜的小玩意儿，房间不大，东西太多，又不舍得断舍离，所以就出现了到处都杂乱的现象。太多没用的东西是会消耗积极能量的，在这样的环境里工作和生活，会潜移默化地影响人的思维，影响做事的高效及条理。孩子努力在改，但我一直不满意。孩子如今还不懂，就让她慢慢去感悟吧。

孩子主动学习知识，但没有强大的动力，这是孩子对未来的目标还没有非常清晰的规划。虽然一直勇敢地向前走，却还是一边走一边规划未来。当明确了未来的目标，并制定完成各个小目标的具体时间点后，会快速地行动，加速弥补自己的不足，主动学习各方面的知识，这时就生成了动力。

孩子安静，不爱运动。作为一个青春少女，少了健康的活力美，而健康活力是一种阳光的味道，会像太阳一样给身边人带来能量。

未来还很长，妈妈跟随你、一直陪伴在你身边的时光，已经结束。

长大的孩子，你已经有了对世界的认知判断能力，独自开始了你的人生之旅，请永远怀揣着这 20 年父母在你心底埋下的那颗积极、正直、善良的种子。在前行路上，会遇见很多风浪、很多诱惑、很多决策……这颗种子的成长会帮助你度过每一个艰难的阶段。这颗种子会伴随着你，你会看见爸爸妈妈当年奋斗的模样。

祖辈一生前行，磨难与阳光历练出的这颗种子，一代代传承，父母早把它种在了你的心底。

小女孩，大胆前行吧，勇敢去实现你的大梦想！

向阳之光

旁观者

20年来，积极向上的父母已经潜移默化地在孩子心底种下了种子，种子已开始自由生长。父母该做的是，把固有的围墙推倒，把屋顶掀开，让孩子看见更广阔的天空，让他们朝着阳光自由成长。这样长大的孩子，会比父母更加优秀，这也是天下父母对下一代的期待。

21 岁，自己掌控未来

我们度过有价值的每一天及迈出的有印记的每一步，都会成就未来更好的自己。

轩儿，明天，是你 21 岁生日，每一年都惦记着这对于妈妈来说重要的一天。21 年前的这一天，第一次把你抱在怀里，感觉就像小时候玩儿过家家，怀里抱着布娃娃，自言自语地跟她说话，给她梳小辫、穿花裙，给她唱"小燕子"，给她讲"灰姑娘"。而这一天，你来到了妈妈的身边，妈妈终于有了属于自己的娃娃，一天天的陪伴成长，如今娃娃已经长成了比妈妈还高的大姑娘。从 14 岁开始，妈妈坚持每一年在你生日这天为你写下些文字。一年又一年，一篇又一篇，妈妈希望将来这些文字会成为你愿意珍藏的宝贝，不管妈妈在哪，你看见若干年前的一字一句，就会想起爱你的妈妈。

这几天我们房间的空调坏了，我和你爸就睡在你的房间，我睡床上，你爸睡地上，小房间里处处都有你的痕迹。你爸翻翻桌上吃了一半的零食罐，摸摸束之高阁、落满灰尘的书，东瞧瞧、西看看。平时他没机会有这么正当的理由驻足你的房间，他满足地背着手细细打量角角落落，时不时问些无聊的问题。例如，这墙上的英文是什么意思？为什么要写在墙上？这些礼物会是男孩子送的吗？这个明星是谁？为什么喜欢他呢？为什么这么多充电宝？需要这么多充电宝吗？总之，在你的房间住了三天，你爸就问了三天的上百个为什么。我相信，也愿意承认，这个世界上，你爸爸最爱的人是你。

写 21 岁的你，眼前浮现的都是你独立自主的模样。去年我们一家带着爷爷、奶奶、外婆、弟弟，老老小小一起去了趟长沙，你跟爸爸将我们分成了两组，你爸带领老年组，你负责少年组。非常荣幸的是，我被分在了你带的少年组。一切行程你都安排得妥妥当当，我听从指挥就行，有人管吃管住管玩儿，我只需要负责自己当下的快乐就好。

你时常与爸爸争论探讨出行安排，我托着腮看着你们争论，认真的你很严肃，时间、地点、原因逻辑清晰，句句清楚、字字铿锵，几个回合下来，你爸就败下阵来，同意了你的安排。我在旁边呵呵笑，一是因为欣慰地看到有思想、有主见的你，二是看着平时习惯一手遮天的你爸，终于有人能收服他，而打赢他的是我的闺女。此刻觉得，我才是最大的赢家……

身边不仅有伟岸的你爸爸，还有能干的你，我能不感到由衷的幸福吗？

21 岁，本是最爱美的青春年华，你却一直喜欢简单朴素，每次回家几乎都穿着同一条阔腿牛仔裤和简单的 T 恤衫。连我这个以简单、干净作为审美观的妈妈都看不下去你这样的简单，怕辜负了美好多彩的青春。虽然当正式场合需要你出场时，你稍加修饰后的清纯美丽总会让大家惊艳，但妈妈还是希望在日常生活中你能更加注重打扮。我们不做大家闺秀，做小家碧玉也没关系，为什么一定要把自己打扮成灰姑娘呢？难道你是在考验和等待送水晶鞋的白马王子吗？

说到白马王子，妈妈总会装作不经意地询问一下你如今的恋爱情况，其实你心里肯定很清楚妈妈的不经意背后已经做了不少准备工作。这个不经意也是向你爸学的，他总是不经意地问我："最近女儿打电话了吗？谈恋爱不可以这样，不可以那样……"我说："你的要求太多，自己跟女儿说去！"过不了几天，他又会重复说一遍这样的话。狡猾的你爸知道，只要他重复讲，我一定会找机会跟你传达。

我知道他的"诡计"，他希望在你跟你弟面前保持一个慈眉善目的父亲形象。当然，我才不会中他的"诡计"，所以凡是我对你的要求，不管是不是你爸提的，我都会借着这明晃晃的严父招牌说：你爸不会同意的，你自己衡量。

妈妈相信，聪明的女儿早就看清了我跟你爸的一唱一和，你也非常配合我们的"说唱"。不管爸爸说还是妈妈说，什么问题找爸爸有用就找爸爸，什么问题跟妈妈说管用就找妈妈。我们这个家，每个人都彼此尊重对方，又都在给对方树立着高大的形象。这算是我们家独特的家风吧，身在其中，乐得其所。

还是说说你的恋爱吧。在21岁的年龄，恋爱是个挺重要的话题。有一次，妈妈与你聊到之前的男朋友，印象最深的是，你说原以为没有人比之前的男朋友对你更好，其实分手了才知道，这是多幼稚的想法，现在不会那么单纯了。现在的你，身边也有优秀的同学追求，但你还没决定接受。妈妈也跟你说过，两个不同地域的人如果要走到一起，会有很多困难。你爸爸绝不会同意你嫁到远处，而大学里的恋爱，很多都会因为毕业而不得不选择分手，所以不太现实。相信你一定有自己的看法，妈妈对已经长大的聪慧的你是放心的，我支持并相信你的任何决定。

　　我们成长的阶段，经历会是最好的历练。妈妈也恋爱过，当年像你这样的年龄，也谈着觉得会终生相伴的恋爱，觉得彼此一定会天长地久。但如今看来，这些往事只是我们每个人成长中必定会出现的故事而已。把握当下，积极的人会从每一段经历中收获和沉淀能量，让成长后的自己不卑微地去攀附高枝，不鄙视俯首的平凡，更不惧怕迎接充满挑战的未来。

　　过了今天你就22岁了，18岁以后，爸爸妈妈就把世界交到了你的手中，由你自己去掌控。未来很长，每一天都很重要，对自己有目标规划，才不会迷失方向。有了目标，你才会知道每一阶段每一天该做些什么，每一天都过得很充实，你才会更自信。

　　我们度过有价值的每一天及迈出的有印记的每一步，都会成就未来更好的自己。妈妈在你14岁时定下的目标，每年给你写一篇文字，每年的这一天，妈妈都会坚持去做这件事。虽然一年才一篇，但当十年、二十年过去后，这厚厚的一叠文字会是妈妈的一笔重要的财富，也会成为你成长路上一份最珍贵的礼物。当你成为妈妈后或许也会将其传承下去，为你的孩子记录成长。用文字记录孩子成长的方式也许因此而世代相传，这个当年立下的平凡小目标在多年以后就成了一件世代相传的伟大的事。

　　交给你自己掌控的未来，爸爸妈妈会一直陪伴，不约束、不限制不是不爱，而是为了让你尽情地在自己的天空中展翅飞翔，不管飞得多高多远，你都要记得，爸爸妈妈永远是你最温暖的港湾，当你饿了、渴了、累了，我们会在家等你。

　　孩子，21岁，生日快乐！

女儿的回信

不知道什么时候开始，我已经从一个睡一米四的小床还很合适的小朋友，长成了要很久才能住一次这个小床的大朋友，也不知道从什么时候开始，从以前跟着爸爸妈妈去玩变成了一个可以在旅途中说上话的小大人。在我成长的历程中，我只看到自己漂亮的衣服一点点变多，化妆品一点点变多，朋友也开始一点点变多，却忽略了爸爸妈妈、爷爷奶奶的白头发也越长越多，甚至越掉越少。

最近越来越发现，自己说的很多话、做的很多事都让我想起爸爸妈妈，总是和朋友说："哎，这句话我妈总说，我咋和我妈越来越像了"。虽然我在成长，爸爸妈妈在老去，但不可否认的是，我总能在自己身上看到他们的影子，年轻时候的影子，这样看来，年轻的他们好像也一直在嘛。

其实关于叮嘱，早就已经在爸妈 21 年来做的每一件事、说的每一句话之中渗透着，又或者一遍又一遍的重复中传递着，我早就已经烂熟于心，但是每当他们再跟我说的时候，我都会说一声"知道啦"，因为我知道，我在他们心里永远是小孩子，这些话他们说一千遍一万遍都不会嫌多。虽然我一直记着这些话，也一直在实践着，带着爸爸妈妈的影子在不断长大，但我依然爱和小朋友玩儿、爱吃小朋友吃的东西，在不开心、不快乐的时候会第一个想家。我很庆幸，只要有爸爸妈妈、有家，我就可以永远是一个小朋友。

女儿：轩儿

向阳之光
妈妈的传承

　　妈妈在你 14 岁时定下的目标，每年给你写一篇文字，每年的这一天，妈妈都会坚持去做这件事。虽然一年才一篇，但当十年、二十年过去后，这厚厚的一叠文字会是妈妈的一笔重要的财富，也会成为你成长路上一份最珍贵的礼物。当你成为妈妈后或许也会将其传承下去，为你的孩子记录成长。用文字记录孩子成长的方式也许因此而世代相传，这个当年立下的平凡小目标在多年以后就成了一件世代相传的伟大的事。

男子当自强

对于做什么像什么的人，当然是生个女儿就要养成国色天香的模样，生个儿子就要养成铮铮铁骨的男子汉模样。

我们一直跟爷爷奶奶住在一起，两位老人事无巨细地料理着整个家的后勤工作，吃喝拉撒全部安排得妥妥的，照顾着两个孩子从小到大的生活。只要有老人在身边，两个孩子就没做过家务，但当他们知道没有选择、无处依靠时，他们的表现又是异常的独立。

儿子6岁上小学一年级时，一次下午放学与接他的爷爷走岔了路，独自一人在下着小雨的大街上凭着曾经坐车走过的路线的记忆，穿过很多条人多车多的马路，自己走了2公里回到家中。当全家人在大街上找得快疯了的时候，我突然意识到应该回家看看。打开房门，他果然端坐在家里，睫毛上还挂着泪珠……

独立

从小学一年级开始，每天中午自己背着重重的书包去离学校 500 米的接送园吃饭、睡觉；上了初中，学校离家更远了，孩子只能选择住校。小学只是中午需照顾好自己，晚上可以回家。初中时住校是真的要独立自主了，一周只能回一次家，自己吃饭、睡觉、洗衣、学习……学校住宿条件比较艰苦，12 个同学同住一间 30 平方米的宿舍，上下铁架床，床板很硬，每间宿舍只有一个厕所、一个冲凉房。广东天气湿热，教室里也没有空调，爱动、爱闹的少年们每天大汗淋漓，晚上都要冲凉后才能睡觉，如何在熄灯前排队冲凉都是个问题。

问孩子如何解决，孩子轻描淡写地说：早上比别人早起半个小时洗脸刷牙，错过早高峰，晚饭时间控制在 15 分钟内，然后快速回到宿舍冲凉、洗衣服，再去上晚自修，晚自修回来就不用跟大家一起挤厕所了……

13 岁开始住校的孩子，知道自己如果不选择住校，每天父母将会早送晚接，影响全家人的工作和生活，所以默默承受着一切的不习惯，没有一声抱怨，坚持了下来！到了初三，很多学生因为学业需要争分夺秒，都纷纷选择了退宿，12 个人的宿舍最后只剩下了 2 个人，儿子是其中一个。

责任

关于住校的故事：

问孩子："早餐吃些什么？"

他说："以前可以吃粉，现在是舍长，每天要等同学们离开宿舍后再做一次卫生检查，才能赶去教室，就没有时间吃早餐。为了解决这个问题，每天晚上买一个面包，每天早上检查完卫生后，就一边吃、一边冲向班级……"

问孩子："在学校几点起床？"

他说："除了周三，每天6点。"

那周三呢？

周三早上第一节课是政治课，老师要抽查前一节课的学习内容，如果不能正确回答，整个小组都要被扣分。早上的记忆好，每周三早上5点起床打着手电筒看书。

不善言辞的孩子，每次极其简单的回答，却一次次让我红了眼眶，其中有愧疚，也有骄傲……

低调

孩子在学校的成绩位于前列，每次大考后的成绩，不管好与坏，都是我追着问成绩怎么样。不管多好的成绩，他从来都是漫不经心地回答。这点像极了他爸，从不觉得这有什么值得炫耀，小小的孩子有颗强大的心，总是一副淡定的模样。

我常问自己：我们日常工作繁忙，陪伴孩子的时间并不多，是什么让孩子们可以独立成长？

家庭氛围

　　一个充满爱的家庭，每个人都很清楚自己在家中扮演的角色与担负的职责，尽最大的努力做好自己该做的事情。同时对其他角色负责的事情也给予充分的信任，每个角色都尽情发挥着自己在家中的价值，目标只有一个：通过自己的努力让家更好！分工清晰、充分信任、时常鼓励，家里自然就会和谐友爱。

　　孩子们在这样有爱的氛围中也很清楚，自己的角色就是孩子，自己的职责就是学习，目标就是做个好学生，于是孩子们会努力把该读的书读好。

　　作为家中的顶梁柱，我们努力工作，让家庭有好的经济基础是我们的责任；爷爷奶奶负责好家庭后勤工作，让我们无所顾忌地冲在前方，也是老人家感到开心的事情。每个人都有自己的位置，每个人都充实过好每一天，收获着家和万事兴的快乐。

生活习惯

　　良好的生活习惯源于爷爷奶奶的传承，打扫清洁收拾归类、时间计划安排准备，从小潜移默化地影响着孩子的为人处世。孩子学习生活有条理，上学从来不迟到，逻辑思维清晰，专注力强，学习效率高，在时间安排上向来有计划，清晰每一个节点要做的事情，他们常常不慌不忙却产出高效。

挑战

当然，孩子也存在很多弱项。他不喜欢运动，初中满分80分的体育成绩，从初一开始连续多次从0分，逐渐到二十几分、四十几分、五十几分……还有半学期就初三毕业。我从来不唠叨，孩子自己心里很清楚必须补上这个大缺口，因此刻苦参加日常锻炼，从小学毕业时的胖小伙变成了结实、硬朗的大小伙。我相信，对于心里有目标并从来都脚踏实地的孩子来说，他最终会实现自己定下的目标。

孩子未来的成长道路，也会如体育成绩一样遇上不如意，但对于有着明确目标、踏实执着、懂得责任的孩子来说，会突出重围，实现每一个挑战目标。

孩子强，父母也不能输给他们。所以，我们也会更加努力，一家人一起为家变得更好而奋斗每一天！

向阳之光

家庭角色

一个充满爱的家庭，每个人都很清楚自己在家中扮演的角色与担负的职责，尽最大的努力做好自己该做的事情。同时对其他角色负责的事情也给予充分的信任，每个角色都尽情发挥着自己在家中的价值，目标只有一个：通过自己的努力让家更好！分工清晰、充分信任、时常鼓励，家里自然就会和谐友爱。

写给即将中考的儿子的一封信

你靠的不是运气，而是自己的实力。

儿子：

　　接到老师通知：需要爸爸妈妈写封信给孩子。老师希望爸爸妈妈用书信这样正式的方式与孩子做一次沟通，为的是给 100 天备战中考的孩子们更多的鼓励与信心。

　　其实妈妈一直都很想给孩子写些文字留存，从姐姐 14 岁开始，妈妈一直保持着给姐姐每年生日写下一篇文字的习惯，现在回头看到这些文字，字字都再现了你们还是小孩子时的快乐。但你今年已经 15 岁了，可能因为你是男孩子，所以妈妈没有那么细心地像对待姐姐一样去呵护你，今天正好借这个机会，让妈妈跟你说些心里话。

　　这封信本意应是备战中考最后 100 天父母对孩子的鼓励，但我脑子中蹦出的却都是对你的感谢，我觉得很多时候不是我们在鼓励你，而是小小的你无时无刻不在激励着爸爸妈妈要有更好的担当。

感谢儿子，一直都是爸爸妈妈的骄傲。从小到大你没有让我们为你操心过，学习一直自觉、生活习惯勤俭、做事向来专注、做人处处低调、尊敬长辈、爱护弟妹……但你不爱运动，初中的体育成绩是你学业中的最大障碍。当你知道自己一定要攻破它时，你积极主动地参加体育锻炼，训练体能，体育成绩在一次次的大考中取得进步，同时你也长成了一个挺拔的帅小伙。相信你的努力付出最终会取得你所期望的成绩。

感谢儿子，理解爸爸妈妈工作繁忙，因此习惯独立思考。爸爸妈妈没有时间陪伴你，在学习上遇到不懂的问题时，你学会了独立思考去想办法解决，比如查阅资料。从初一开始，由于学校离家较远，你只能选择寄宿。尽管你不情愿，并且很久都没有习惯，但你知道，如果不选择寄宿，将会增加爸爸妈妈接送的负担，你从来没有抱怨过，只是默默调整着自己去适应住宿生活。你的自立与体谅让爸爸妈妈感动，同时也鞭策着我们更加努力，才配得上做优秀孩子的父母。

感谢儿子，担负着家中小男子汉的责任。你喜好读书、看新闻时事，知识广博。爷爷常常请教你手机与电脑的操作问题，不识字的奶奶常常需要你陪同去超市，妈妈也常向你请教记不住的那些历史朝代，而爸爸最喜欢的就是每个周末你能陪他去看场电影……初三学业紧张，你周末回家的时间越来越短，为了依旧可以陪奶奶逛街、帮助爱学习的爷爷解决问题，这唯一在家的周日，你总是很早起床做功课，6点半你的房间就点亮了灯光。你牺牲自己的休息时间，只为可以多陪每周盼着你回来的爷爷奶奶聊聊天。

感谢儿子，鞭策着爸爸妈妈进步。爸爸妈妈其实跟你一样，也常在工作中遇见很多很难克服的困难，每当这个时候，妈妈和爸爸都会互相鼓励。支撑我们的最大动力是：爸爸妈妈努力的模样能成为孩子们努力拼搏的榜样！未来你们会遇到更多的困难，那时或许你会想起爸爸妈妈曾经努力的样子。你们也会不畏艰辛，想尽办法克服困难。你们身上有父母的基因，未来你们一定会比爸爸妈妈更加优秀。

儿子，初中生涯还有100天就结束了，妈妈与你一样也经历过这个学习阶段。所以，在此妈妈还想跟你分享几点心得。

珍惜人生中唯一的初中阶段，珍惜与你同行的老师、同学，还有培才学校。还有100天，就要与大家分别，未来同学们会各奔东西，初中三年的学习生活，会是你未来记忆中最美好的时光。最后100天，努力查漏补缺，用中考成绩来为33班争光，用自己的进步来回报老师的教导，用努力拼搏和精益求精的精神让33班57位同学的优秀基因传承在培才校园。

放松应考，每一次考试都难免会紧张。其实，妈妈想跟你说：日常你踏踏实实地学习每一科知识，你学到的东西已经融入你的血液，所以在考试时，你只需以自然状态去应答每一道题，你靠的不是运气，而是自己的实力。

一次中考并不能代表我们的未来，但是每一步踏实的前行都会让自己一路成长、一路收获，对于你认真努力得到的结果，爸爸妈妈会为你感到高兴。

孩子，未来的每一天爸爸妈妈都会与你一起努力加油，因为我们有一个共同的目标：让我们的家一天天变得更好！

妈妈

2021 年 3 月 13 日

儿子的回复：

收到妈妈的这封信时，是在中考百日誓师的那天。看着中考倒计时牌从三位数变成两位数，我的心态发生了一些变化，一下子感觉中考近了许多，也有了些许的慌张。这封信给了我很大的动力，让我不再彷徨，让我知道每天的学习都让我有所提升，不再惧怕每一次考试。我会从容面对之后的每个困难，可能是因为从小就被告知遇到问题要去解决而不是逃避吧。谢谢你，妈妈。

儿子：辕

向阳之光

为同一目标而努力

靠的不是运气，而是自己的实力。

一次中考并不能代表我们的未来，但是每一步踏实的前行都会让自己一路成长、一路收获，你认真努力得到的结果，爸爸妈妈会为你感到高兴。

孩子，未来的每一天爸爸妈妈都会与你一起努力加油，因为我们有一个共同的目标：让我们的家一天天变得更好！

作为一名女性，如果想获得成就，就不要给自己找做依附者的各种借口；如果想活成幸福的样子，就终生做一位学习者。向阳而长，使我们的生命充满生机。

第三章 向阳而长——汲取雨露阳光

学习是什么？

学习心理学课程这个计划，至少说了5年，却一直没有行动。还好，这个想法跟闺密说了，她仍记得。刚好这一年在闺密的监督下，实现了这个计划——参加香港大学管理心理学研究生课程的学习。

这是走出校园后最正规的一次学习。每个月飞往上海，学习两天，共计15个月。

在学习过程中，先聆听老师的教导，再去对照自己的经历。我向来觉得，最有效的学习需要有一定的阅历。用老师讲授的理论去检验和对标自身，才能审视自己的不足。我把老师讲的案例中的人物想象成自己及身边的人，剖析分解、重新组合。虽然没有记住多少心理学大师的理论成就，却学会了从一种新的高度去看待问题。

不同阶段，不同经历，每一个人都需要经历成长的过程。作为过来人，我们都需要理解这些必经的过程，而不是直接告诉年轻人什么是对、什么是错，那些经历不管是成功与失败，都是收获。每个人都有可取之处，真正的大师可以帮助每个人发挥自己的特长，让他成为有价值的人，而不是打造千篇一律的如同机器生产出来的没有生命的工业品。

学习还可以让我静下心来。在一个全新的环境中，来自不同行业的能人聚集在一起，不同磁场的能量相互碰撞，最后在结束时，和谐成了一个更大的能量场。之前每个人锋芒毕露，最后大家都收起了锋芒，让彼此的光聚焦在一点上，为的是让这个班级更加闪亮。

让坐井观天的自己，看见自己的缺憾，更加谦卑地面对身边的人，他们身上的优点都是自己应该学习的。在全年的学习中，为了完成课业，再加上自己的感悟，也写下了几万字，这也是额外的收获。

以上内容来自我的港大心理学研究生班的部分学习内容总结，再次感谢帮助我成长的导师们，感谢一起研讨学习、一起收获成长的同学们。

找到人生的灯塔

你现在只看到了眼前，却忘记了自己最想去的地方。

课程：《心理学与组织创新》
导师：吴大有博士

我一直认为，学以致用的学习，才是有效的学习。所以，在学习了心理学课程后，也将它运用到了日常的工作和生活中。

在《心理学与组织创新》的课堂中，吴大有博士讲道：个体觉醒是个人价值观的觉醒，而个人觉醒是一切组织创新的基础。在公司的人事安排上，我就运用吴老师所教的激发个体觉醒的方法，帮助一个中层管理者获得了成长。

小罗是我们公司销售部常年的销售冠军，他责任心强，沟通能力和学习能力都很强，是公司的储备管理层人员。小罗家庭条件较艰苦，整个家靠他一人支撑，所以收入对他来说是非常重要的。由于常年是销冠，他的收入非常可观，很多时候会高过管理层人员，所以他多次拒绝了晋升管理层的机会。

这次又有了一次晋升店总的机会，公司很想让小罗去，于是我与小罗进行了一次谈话。在沟通前,我邀请小罗做了一个寻找价值观的游戏。心理学课程中有一个价值观的关键词清单,我让小罗从中找出5个他觉得最为重要的词。小罗找到了勇气、智慧、逻辑、团队合作、胜利这5个关键词,而他的梦想是:拥有一家自己的公司。

接下来,我又让他配合着做了生命罗盘,让小罗写下过去生活中记忆最深刻的人、事、物。于是他写了如下文字:

5岁那年,我一个人穿着背心,冒着暴雨和雷电,从外婆家跑了两公里的泥路回家找妈妈。

14岁那年,因为小学毕业升初中,考试成绩差几分没能上当地最好的中学,我自责地偷偷哭了一晚。

16岁时参加中学的篮球赛,我们班对高年级,有好几个女同学喊我的名字,最后我独得16分并绝杀1分险胜,集体狂欢。

22岁那年毕业实习,在深圳人才市场找工作,工作不好找,找到了又被炒了,坐在公交车上伤心地哼张国荣的《风继续吹》。

29岁那年,爸爸去世,临终前拉着我的手,让我照顾妈妈和弟弟。

小罗今年33岁。

结合过往的经历,小罗用自己所挑选的5个关键词,给自己总结了一句话:曾经的自己除了勇气外一无所有,常与孤独为伴,为了成为自己心中胜利者的模样,不断去总结得失,做事遵循因果逻辑,善于用智慧去激发团队人员的合作能力来共同完成目标。

我给小罗分析:由于你从小就担负很多责任,心态较悲观,所以过于在意自己所拥有的一切，反而使自己的视野变得狭隘了。为了自己的人生目标，你应该更加大气、自信，相信你会拥有更宽广的平台。

我说："小罗，你不仅有梦想，更可贵的是你能一步步踏实地朝着梦想努力。今天，有这样一个可以让你独立自主的平台，或许现在它看起来并没有那么好，不仅要去陌生的地方开荒，努力后也不一定能得到想要的结果，收入方面也可能不稳定，但你能得到的是不用承担投资风险的经营经历。你的梦想是自己创业，而你现在就可以在这个平台上见识如何经营、如何管理、如何开拓……

"你不愿轻易放弃现在的稳定，是你现在只看见了眼前，却忘记了自己最想去的地方。现在有这样一个平台，不用投入资金、不用自负盈亏、不用担心后勤保障和品牌影响力，你都不敢去尝试，你的梦想是不是就要永远停留在梦想阶段了？"

与小罗一起探寻他的目标后，他欣然接受了这个具有挑战性的岗位，并全身心投入，把这当成自己的企业去经营和管理。公司运行得非常顺畅，刚开业不久就取得了很多项目上的成功。每一次的成功也让小罗更加自信，他终于从自我觉醒中找到了新的突破，相信他的人生也将会有新的高点。

我们很多人自认为拥有了明确的价值观，但也许只是把一些理想中的"高大上"的口号当作了自己的价值观。当通过这样如玩游戏一样轻松的方式找到我们心底最真实的价值观后，或许才能真正地认识自己，并清楚自己到底想要什么，初心是什么。个体觉醒是个人的认知觉醒，因为只有个体有动机与欲望，才能为自己的使命去主动完成每一个小目标。

同时，我也总结出我个人的价值使命：

在幸福中，

勇敢地为责任去争取爱，

真诚地用智慧去传播爱。

我会谨记它，去一步步地实现终极愿望。

到这本书出版时，小罗担任管理岗位有两年半的时间了，他现在已经从一个分公司的总经理，晋升成为集团的销售总监。当我问他觉得两年前这个决定是否正确时，他说："虽然我从销冠的一线走入了管理层，收入比之前下滑了一半，但收获到的是我的眼界与圈子，站的位置高了，看待问题更加全面，并且获得了更多的尊重，这些可谓精神层面的成长与收获。相信通过自己的努力，在不久的将来，可以通过自身价值获得比之前更好的收入与经济条件，我非常庆幸自己选择了这条路。"

寻找价值观的方法

工具：价值观清单

传统	和平	可靠性	慷慨	耐心
专注	言行一致	尊重	诚实	原创性
友善	乐趣	自然	真诚	和谐
参与	服务	多样性	丰富	敏感度
自由精神	常识	美丽	灵性	贡献
联结	欢乐	冒险	活力	学习

续表

平等	热情	成长	自我表达	秩序井然
成就	奉献	创造性	成功	冒险
和平	韧性	谦逊	社群	优雅
包容	家庭	尊严	妥协	乐观
理解	公平	接纳	关心	职责
挑战	热心	人道主义	空间	好奇
努力	现实主义	责任	体贴	轻松
真实	独立	信仰	开放	坚持
爱	承诺	幽默	多样性	选择
可信赖	卓越	安全	自由	坦率
友谊	忠诚	实现		

1. 找出代表自己价值观的 5 个词。

在以上这些词语中，凭直觉快速找出符合自己价值观的 5 个词。通过这个方法，了解自己。

可以发动身边的朋友一起寻找 5 个关键词，凡是有三个相同价值观的人，可以相互交流自己的心得。因为有相同的价值观，代表着思想与行为会有很多相似之处。

2. 画出生命罗盘。

依据自己的年龄，回想一下每七年的年龄段中自己记忆最深刻的事情，并将其概括为一句话代表这七年。假如是 40 岁，那么可以分为 1～7 岁、

8～14岁、15～21岁、22～28岁、29～35岁、36～40岁这几个时间段，据此将一个圆分成6份。写上印象最深的事，也可以为这段记忆画一幅画，这样就画出了你的生命罗盘。

3. 给自己15分钟，看着自己的生命罗盘，细品自己走过的人生道路，结合自己前面找到的5个关键词，给自己总结出一段代表自己价值观的话。

通过价值观清单和生命罗盘，你也可以寻找到内心深处真实的价值观，寻找到人生的灯塔。

向阳之光

不忘初心

找到我们心底最真实的价值观后，或许才能真正地认识自己，并清楚了自己到底想要什么，初心是什么。

做自己的老板

老板就是主人，主人就会具有主人翁精神。

课程：《员工契合心理学》
导师：郝永刚博士

什么是敬业？我所理解的，就是像做自己的事业一样去工作。

做自己事业的人一般都是老板，做得好，有效益、有利润；做得不好，就从自己腰包里掏钱填补亏损。任何抱怨都没有意义，因为没有人会为你承担责任，没有依靠就要想尽一切办法、付出一切努力投入到工作中，这些就是敬业的表现。

老板就是主人，主人就会具有主人翁精神。自主权、知情权、话语权、决策参与权、选择权、利益分享权都是主人拥有的权利。有权利就会有责任，现实中为什么很多人没有主人翁精神呢？或许是他没有感受到应拥有的权利，又或许是他没有把自己当主人。在遇到困难时，主人一定会想着如何解决问题，哪怕是付出代价；没有把自己当主人的，就只会想"我可以有更好的选择，为什么要坚持？为什么要这样辛苦？"主人翁有权利就有责任，享受权利就需承担责任。

为了更清晰地理解敬业在工作与生活中的表现，我给大家举两个例子。

买酱油的孩子

先说一个反面例子，这个例子来源于生活。我同事的孩子已经12岁了，是一名初一的学生。有一次，同事叫孩子帮她去超市买瓶酱油，孩子很听话也很开心地去了。孩子出门后，同事隔几分钟就打电话询问孩子到哪儿了，隔几分钟又打电话交代孩子要小心过马路……

终于等到孩子回家，她还没开口，孩子就非常生气地把酱油瓶摔在桌子上对她说："以后我再也不会帮你做任何事，这样一件小事，被你连环呼叫，回来还要听你唠叨，我简直就是犯贱。"接着，重重地关上了房门。同事伤心地跟我述说此事："现在的孩子真是叛逆，不知如何教育才好。"

父母牵挂孩子是可以理解的，但在这件事中妈妈的过错是什么？孩子接受了妈妈的请求去买酱油，从孩子出门做这件事开始，他就应是买酱油的"主人"，在这件事上有充分的自主权。妈妈既然选择了让孩子去做这件事，就代表着妈妈思考过孩子的胜任程度，就应该对孩子放心。但妈妈却一直在干涉，于是孩子在整个过程中没有体会到自己完成一件事的成就感与愉悦感，反而不断被提醒与指责。到最后，孩子的主人翁意识也会受到打击，变得不愿意做事和做主人，何谈敬业？

我们可以设想一下另外一种场景。孩子去买了酱油，在路上或许会遇到各种问题，比如，超市没有这个牌子的酱油了，孩子又主动去了另一个超市购买，于是多花了些时间，但通过自己的思考独立完成了妈妈交代的任务，回家后还告诉了妈妈这件事的经过，妈妈表扬了他。在这样的状态下，孩子以后对独立完成一件事更有信心，并养成了自主思考的习惯。同时，主人翁的角色就会存在于脑海中，对自己的工作和生活都会起到很大的作用，未来就很可能成为一个敬业的人。

20 周年的晚会

再举一个正面的工作上的例子。

2019 年是金富成立 20 周年，公司会举办一个大型的周年晚会，这个晚会的项目交给了行政总监全权负责。项目立项时，就召集了集团公司各部门负责人开会，说明了此项目负责人的全部工作责任与权力，所有人不管级别高低，在这个项目上都必须听从行政总监的安排，包括公司的总经理。

行政总监提前两个月开始筹备这场晚会，节目演员共 100 多人，是从公司 400 多人中挑选出的，根据晚会要求，各个岗位都需有人参与。从事汽车行业，每个岗位平时的日常工作都非常多，业绩也是硬指标，不仅员工觉得跳舞、唱歌太辛苦，就连老板都觉得每天花 1 小时排练实在是浪费时间。虽然大家都不太情愿，但得遵守项目责任制，只好听从项目负责人的安排。

行政总监是一个雷厉风行的人，只要是定好的排练时间，不管你在做什么重要的事，都必须服从安排。所有人在这么紧迫的时间里，自动调整了工作与排练间的冲突。两个月结束了，我们既圆满举办了20周年晚会，又完成了各项业绩指标。虽然员工们这两个月的确比之前辛苦很多，但大家很开心，因为顺利完成了原本觉得难以完成的挑战。

这件事的成功我觉得与主人翁精神有关，行政总监是这个项目的负责人，也就是主人，得到授权后便排除万难去完成，就是她的敬业精神的体现。

因为明确的授权与信任，她在履行自身职责时就是最明确的主人，此时，连上司都是她的手下，她完全按照自己的想法去开展这项工作，出现问题也会自主去思考解决。在她心中，只有一个目标，就是圆满完成这项任务，这是做老大的责任。

敬业，就是要让每个人成为自己的老板，把公司的事情当作自己的事情来做，需要具备外驱力与内驱力两方面，缺一不可。外驱力是上级部门给予的充分授权、高度认可、资源支持、及时反馈、全面信任等；内驱力是自身的意愿、坚忍的意志、专业的能力、十足的信心等。内外两方面都需具备。

一个真正敬业的人从不会认为自己敬业，就像我们没听说过一个老板会说自己敬业一样，因为对于主人来说，这些都是自己的事情，都是必须要做好的。

向阳之光
做自己的老板

做自己事业的人都是自己的老板,任何抱怨都没有意义,因为没有人会为你承担责任,没有依靠就会想尽一切办法、付出一切努力投入到工作中去,这些就是敬业的表现。

敬业,外驱力是授权,内驱力是自身意愿。

化解冲突，让双方都能赢

将遇到的一切冲突都转变成促进自身成长的正面冲突。

课程：《化解冲突的行为模式》
老师：张勐老师

冲突每时每刻都存在于我们身边，每一个个体、团体、社会都是在不断的冲突中历练着自己，从而成长。在心理学课程中，张老师给我们讲述了应该如何化解冲突，有很多内容让我感受颇深。之前对冲突只有粗浅的理解，认为冲突就是消耗能量的事情，任何人在任何时候都不想遇见它。上完课后我领悟到，任何事情的发生，是好还是坏的结果都取决于当事人。

因为冲突无处不在，任何个体都脱离不了集体。个体存在，就会对集体中的人与物产生干扰或影响，就会产生或大或小的冲突。自己也会跟自己产生冲突，这一秒的自己与下一秒的自己或许都会有不同的意见，不断化解冲突就是我们的日常。既然逃也逃不了、避也避不开，不妨积极地去看待每一次冲突，将遇见的一切冲突都转变成促进自己成长的正向冲突。

而化解冲突的最高境界就是双方都因此而受益，也就是实现双赢。

工作上的正向冲突让大家共同成长

冲突事件：公司搬迁期间，行政总监与总经理之间的冲突。

事件简述：在搬店之前，行政总监的本职工作做得很不错。20年的行政管理工作得心应手，部门间也都配合默契，员工遵守各项规则。而后来公司大规模搬迁，对于很多工作流程、工作习惯的改变，及系统的升级改造等事，行政总监不仅要静下心来重新订立各项规则，还要安排配合好业务部门的后勤保障工作，同时还要搬迁自己的行政仓库。这些工作在同一个时间段完成，确实是对行政总监极大的考验。

尽管总经理在大规模搬迁前一再提醒：行政部门在业务部门还没有行动时，要先把自己行政部门的仓库搬迁，等之后业务部门搬动时，做好后勤保障工作，在大家都搬迁进店后，再开始拟定各项新的规则。但一向主观、自信的行政总监有着自己的计划，并没有听取总经理给予的建议。

最后我们看到的是，当大部队开始搬迁时，行政部门只能顾及自己部门的搬迁工作，根本无暇理会整个后勤保障工作。当总经理与其理论时，行政总监没有认识到自己的预见能力欠缺，一再强调的都是没人帮忙之类的客观原因。

冲突双方的观点：

行政总监：行政部门人手少，行政仓库物资多，没有人帮忙，自己搬迁无暇他顾，无法满足大家的后勤保障需求。

总经理：行政工作最重要的职责就是后勤保障，当行政部门的工作与后勤保障工作冲突时，首先应解决的是后勤保障工作。

评估冲突的关键点：在特殊时期，什么是行政部门的首要工作?

冲突的解决：在搬迁期间，行政部门有一位人员离职了，所以很多基础文职工作也要行政总监去做。但是每天都必须确保给一线工作人员提供充分的后勤保障，不能因为人手问题而有丝毫怠慢，否则会直接影响一线创造产值的命脉。所以，需要总经理调剂人力资源部门的文职人员来帮助行政部门处理日常基础工作，解决人手不足的问题。

而在这个非常时期，工作流程变化后的规则制订及系统升级改造，不能再依赖行政总监去完成。毕竟早日将规则订立下来，大家才有方向可循，才能提升工作效率。这是总经理的重点工作目标，所以此项工作由总经理亲自制定并对后勤部门进行管理。

经过以上两点工作的调整，后勤保障工作得到了很大的改善，如饭堂、卫生、安保、系统安装等部门都出台了各项行政新规，员工们也有了具体的工作方向，搬迁后的整理工作开始逐步走向规范。同时，这些本应是行政总监的工作事务，却被总经理、人资专员代替并优秀地完成了。作为行政总监，心里也是忐忑不安的。

在处理这个冲突的过程中，作为上下级，我们没有严厉地批评与对抗，大家抱着先解决问题的心态去工作。在问题逐一解决后，各自心里都清楚：最严厉的批评就是取代你的位置，让你失去自己的价值。

行政总监在理顺自己的行政仓库后，也快速投入到了各项后勤管理工作中，冲突在无声中解决了。大家依旧相互配合着完成接下来的各项工作，没有再去理论谁对谁错、谁赢谁输，工作做好了，所有人都是赢家。在这样一个积极向上的团队里，发生的冲突让大家清晰地看到：如果自己不努力，自己的位置将被取代。

这个事例再次印证，冲突也可以是积极的，任何冲突都要对事而非对人，**不要把认知冲突上升到情感冲突**，各自反思自己的过错，就能很快知道自己的问题所在。冲突解决的同时，还可以促使各方振奋精神，更加努力。解决冲突的过程也会激发组织中的积极变革，这样的冲突是企业、个人成长不可缺少的建设性冲突。

生活中的冲突可以提升自己

冲突事件：芬与公婆在同一个屋檐下生活十几年，生活习惯与教育方式都存在冲突，家庭氛围紧张，既影响了孩子的成长，也影响了夫妻关系。

事件简述：在生活习惯方面，公婆生活非常节俭，吃剩下的菜要留几天，冰箱里堆满了食物，直到烂了也舍不得丢弃。芬不适应这样的生活，常常丢弃过期食物，导致公婆大发脾气。

在教育方面，公婆善于与孙女沟通，懂得站在孙女的角度去理解她们，并相信孩子要求的合理性；但芬夫妻俩觉得孩子很多时候都很任性，认为孩子所提的要求并不合理，所以习惯用命令、呵斥的口吻与孩子沟通。公婆常常当着孩子的面指责芬，由于有爷爷奶奶撑腰，孩子学会了顶撞妈妈，更难管教。在这种情况下，芬非常压抑和苦恼。

冲突双方的观点：

芬：希望吃到卫生健康的食品，教育孩子时最好只有一人发声，否则孩子无法知道谁对谁错。自己是这个家的女主人，希望在家里有做主的权利，但也清楚，不能顶撞老人，所以很压抑。

公婆：我们节俭也是为了这个家，知道儿子儿媳工作难做，帮助你们节省生活开支。而且我们教育出的儿女都很有出息，看到芬与自己的教育方式不同，实在难以接受。

评估冲突的关键点：在这个家里，谁是主人？

冲突的解决：

芬是一个孝顺的媳妇，对于老人的不同生活方式，一直持忍让的态度。现在为了孩子的教育问题，必须考虑理性面对并解决这种冲突。

如果公婆不住在这个家里，生活习惯不同的冲突就会解决；教育孩子时，孩子也没有了靠山，所以唯一能解决问题的方法就是，不与公婆住在一起。

解决这个问题的最好办法就是在自己的小区里租一套房子，既离自己家近，芬夫妻俩可以随时照顾老人，也可以让孩子们经常见到爷爷奶奶。其实，公婆很早就想出去住了，只是放心不下两个孙女。

在征求了公婆的意见后，芬很快就在小区里找到了一处不错的房子，并且亲自去装修并整理好了房子，公婆开心地住了进去。公婆最满意的就是这个房子的楼下就是她们常去打麻将的地方，周围都是熟悉的老人……现在芬每周都会叫公婆回家吃饭，公婆也常会叫他们一起吃饭。公婆不用忙忙碌碌，每天跟老人们聊聊天，心情开朗了许多。而芬一家虽然生活比之前忙碌，但心情不再压抑，大家都得到了自己想要的结果。

我们试想一下，解决这类冲突时，让他们中的一方为另一方改变自己的做法，选择委曲求全，我想最终会使在这个环境里生活的人变得心情压抑，会更加不阳光。因此，最好的解决冲突的方法一定是让双方共赢，而非谁赢谁输。

向阳之光
化解冲突

当我们遇到冲突时,要如何厘清思路,将其化解呢?

1. 冲突事件是什么?
2. 冲突的起因是什么?
3. 冲突双方的观点是什么?
4. 解决冲突的方法是什么?

将以上问题一一梳理出来,应对冲突,游刃有余。

心灵觉醒，看见自己

每个人的觉悟不一样，所以每个人的成长也不一样。

课程：《心灵觉醒》
导师：范清松博士

因为工作的原因，认识了范清松博士，范博士主要研究人心灵深处的潜能激发。范老师写了很多书，其中一本叫《觉醒时刻》，老师送了一本给我。我的困惑，正好与老师所擅长的方向不谋而合。

觉醒，从承认渺小开始

一个企业在初创时，更多地要依据老板自己的思想与理念去规划和经营。但当进入一定阶段后，特别是遇到"瓶颈"时，就需要比老板觉悟更高的旁观者来帮老板看见看不到的角度。这些旁观者常会看得比较清楚，他们不仅可以看见问题所在，还能提出解决方案。这就是我们常听到的企业顾问的概念。

在和范老师接触之后，我觉得老师看到了我内在的短板，看到了我的所需，能看见问题根源。我非常希望可以聘请范老师来做我们的企业顾问。

之前我对此没有意识，是因为自大，觉得如果自己都无法救自己，更没有人可以救自己；或许也是由于自卑，不愿接受外人来剖析自己最脆弱的地方。不接受自己的缺点，就不会接受别人的意见，只会相信自己的决策，于是走不出自己的思维，这就是"瓶颈"。

只有承认了自己的渺小，相信身边有比自己高大的人，他们可以看到从不同的角度看问题，给我们指明方向，这样成长才会更快一些。最后决策的依旧是老板，但做决策前的思考需要不同的角度，才能确保有成功的可能。

觉醒十题

每个人的觉悟不一样，所以每个人的成长也不一样。很多唤醒内心的声音不停地在你耳边响起，但很多人听不见这些声音，也有很多人可以感悟到这些声音，于是会比别人成长得更快。范老师教大家的就是"自身的感悟"，这些不能说出来的过程，只有认真投入的人，才可以发现自己、看见自己。

范老师邀请我做十道题目来帮助自己觉醒。我认真跟随老师的要求，认真做每一道题。当闭起眼睛的时候，开始安静地打开内心，在老师的一步步引导下看见我想要的自己。老师为何这么执着地去问你以后的样子、你的梦想与愿望？他是在引导大家发现自己的内心，找到这颗藏得很深的种子，如果没有，就帮你种下一颗种子。

这个过程就这样开始了。首先，闭上眼睛，让自己保持最放松的状态，吸气、吐气，试想一下最难忘的一件事和你未来最想看到的幸福的样子，你的身边都有什么？是怎样的情景？

1. 对自己现在的工作状态打几分（1～10分）？存在差距的这几分是什么？

7分，差的这3分是自己不够勤奋，不够主动去面对、去走近大家，不愿主动去发现问题。如果更勤快点儿，会更早梳理这些问题，解决更多的问题，能让公司发展得更快一些。

2. 想过自己要做到更高阶的岗位吗？这个岗位是什么？你为什么喜欢它？

未来想做一个可以激发人潜能的心灵导师，帮助有梦想的人实现梦想，帮助还没有梦想的人找到自己的奋斗方向。

3. 你多长时间可以实现它？

50岁吧，也许是70岁。

4. 假设你已经做到了这个岗位，你看见你身边的人了吗？你在干什么？那是什么情景？

有白发，微笑着与一个需要开导的人谈话，有桌子、笔、纸。

5. 这个岗位的实现对你有什么意义？

可以帮助更多人找到自己的方向，让他们也可以幸福地过好这一生。

6. 这个岗位实现时，你想到了是谁一直都在你的身边，陪你一起解决所有的问题？你最想与之分享的人是谁？

爱我、包容我、指引我、成就我的身边人。父母、外公外婆、爷爷奶奶给我的善良让我发现美，老公一直给我依靠，让我始终有安全感。一群跟着我们共同进退十几年的员工，想让他们更好。

一直拥护在自己身边，把自己作为太阳的人，永远给他们希望。

7. 为了获得这个职位，还需掌握什么样的能力？

首先要在孩子教育、公司经营、让身边人幸福等方面取得成功，才能积累经验再去总结。然后学习更多心理学的知识，了解人性根本。再就是淡定自若，做到内心平静如水。

8. 有哪些事情会阻碍你得到想要的结果和状态？

公司经营如果不能达到预期，想生存都难，何谈理想？所以要先做好现在的事。

9. 你该做什么来消除现在这个阻碍？

积极解决遇到的每一个经营上的问题。培养一群后备人员在未来接棒，让公司后继有人。平静内心、修身修心，让自己可以容纳万物。

10. 你现在首先要采取的行动是什么？

完成目前的每一个小目标，三年内达成，因为我们是金富人而感到骄傲。

以上是老师问的 10 个问题，我从没有这么正式地想过自己的未来。好好想了下，有画面就代表自己有这样的期许。在看见自己 50 岁成了一位心灵老师时，我甚至可以看见 50 岁时自己的白发，看见自己微笑地注视着眼前的年轻人。年轻人眉头紧锁，我平静地听着年轻人述说着他认为很难过去的坎。我始终微笑代表我有信心帮助这个年轻人解决心中的困惑。我看见了一间自己喜欢的工作室，房间色调明亮，有我喜欢的白纱窗帘，清风吹拂，干干净净……

之后我也反思了老师提的这些问题的深层含义。想象中的画面越清晰，代表自己的目标越真实，所以当你对未来有清晰的画面时，代表你的心已经去了这个地方，有了明确的印象才会记得这个目标，会为了这个目标努力。

向阳之光

觉醒法

不接受自己的缺点，就不会接受别人的意见，只会相信自己的决策，于是走不出自己的思维，这就是"瓶颈"。

只有承认自己的渺小，相信身边有比自己高大的人，他们可以从不同的角度看问题，给我们指明方向，成长才会更快一些。

在学习中，遇见美好的自己

还记得小时候看《西游记》，里面有这样一句话：天上一天，世间三年。关于学习的作用，我想套用这句话：学习一天，或许可以少走三年的冤枉路。

在这个章节里，汇总了我这两年通过各种渠道学习而得来的感悟。回看这些文字，很庆幸当时在学习结束后留下了心得笔记，它们的存在既能在多年后让我依旧可以回顾学习，还能鞭策我不可以输给当年那个认真学习的自己。

我的学习习惯并不局限在课堂中，日常的感受都能够帮助我收获成长的感悟，但如果有机会坐在课堂上安静上课，我会倍感珍惜。成年人每天24小时的工作是主要部分，所以安静学习是一种奢侈的幸福。

大家常问：我也常去学习，但感觉能实际运用的知识并不是很多，如何才能高效地学习？并且学习后能够在现实中运用？

对于成年人，当我们选择去学习时，一定是自己认为需要。这一点很重要，只有这样你才会在学习中做到认真专注，学习效果才会有保障。当然，有可能你的学习是因为上司委派，不一定是你需要的，但既然要花费时间去学习，也请抱着对得起自己所花费的时间的态度，认真去感悟，才能有所收获。

对于学习，10% 源于老师传授，20% 源于分享，70% 源于落地实践，这样，老师传授的东西最后才能真正属于你。关于 20% 的分享，不是你把老师讲的内容重新讲一遍，而是把老师讲的内容经过自己的理解，再联系自己的真实经历，真切领会其中的内容，用自己的话与大家一起分享感受。不管是自己看书、听老师授课或参观学习，养成一边读（听）、一边反思的习惯，学习才会事半功倍。

关于将学到的东西落地实践，首先要肯定的是，不是所有学习到的内容都可以马上落地。只有经过反思、对标现状后，在对自己开展新项目也有了思考和准备后，方可以实施。能够落地的项目向来都是经过深刻认知其内在的根本之后才能做成功的事情，如果只是了解表面，就算是照抄模仿，内外不一致，没有用心的事物也只会是一次失败的落地。

我们从不奢求能落地的项目很多，但求学来的东西落地之后能扎下根。在某次的学习中，有机会去方太公司的展馆参观。通过短暂的参观，了解了方太公司的文化、产品的理念，让我们这群参观者对方太品牌肃然起敬，于是认定以后买厨具都选方太。这次参观让我反思了自己的企业，我们也有 20 年的历史，也有深厚的文化内涵，我们也可以有一间让更多人了解我们内在的展馆，因为信任，就会相信我们的服务与产品。学习回来后，"金富生活馆"这个项目在两个月后落地成形，这让更多的人对金富企业有了更深的认知，受到了广大客户、领导及同事们的好评。

当然，在学习中，很多学习内容暂时对我们的现实帮助很小，它只存放在我们的脑子中，就像一个图书馆，某日一旦需要时，就会自动弹出答案，这也是我们不断学习，让脑袋里面有"充足"库存的原因。

综述，关于成年人的学习，我的建议是，在有了一定的工作阅历之后，再去选择课堂内的学习深造。因为如果你还是一张"白纸"，老师讲的东西，只会被你一一记下来，没有曾经的过往经历对标，感悟深度不通透，分享这个环节缺失，学习的效果会弱；如果你有所经历，老师总结出的真谛，与自己的过往对标，感同身受后就会想到，如果这样的学习来得早些，或许自己可以少走很多弯路。有经历才更容易成长。

读书也是学习的一种，如果你喜欢读书，要一边读一边反思自己，这样读书对己才会更有意义；如果不喜欢读书，也不要强迫自己，因为努力实践也是一种学习。

我们只要脚踏实地前行，大胆地去遇见问题，去解决问题，解决不了就选择去学习，就一定会遇见一天比一天更美好的自己。

当你爱上了学习，就会发现你最大的改变或许就是：当结果与预期不相符时，想得更多的是：我如何改变什么才能让它变得更好，于是你会一直学习下去……

学习，可以让我们向着太阳，茁壮成长！

向阳之光
学习法

对于学习，10%源于老师传授，20%源于分享，70%源于落地实践，这样，老师传授的东西最后才能真正属于你。关于20%的分享，不是你把老师讲的内容重新讲一遍，而是把老师讲的内容经过自己的理解，再联系自己的真实经历，真切领会其中的内容，用自己的话与大家一起分享感受。不管我们是自己看书、听老师授课或参观学习，养成一边读（听）、一边反思的习惯，学习才会事半功倍。

向上书会友，
是《女人向上》这本书结出的果实，
同时又蕴藏了《女子向阳》这本书。

第四章 向阳而聚——汇集向上的能量

缘起，遇见雪漠老师

若磁场相同，距离再远都会相吸在一起。

知道雪漠老师是在 2018 年，那段时间总在 WIMI 咖啡店写字，看见雪漠老师的书陈列在那里，而且不是一本，是一系列。再之后，雪漠老师的书被他的学生放进了我们汽车小栈供客人们阅读，对雪漠老师也有了更深的印象。

磁场相同，能量相吸

《女人向上》的出版有赖于喻喻姑娘帮忙整理编辑。书出版后，喻喻姑娘还帮我做湛江市场的宣传推广，并将爱书之人小婷介绍给我认识，小婷是雪漠老师的学生。

第一眼见到小婷，就感到她是一个真诚、朴实的好姑娘。小婷在湛江设立了一个雪漠老师的读书会所，叫长青堂。

在小婷的长青堂，我做了一次"女人向上"的读书分享会，认识了一群雪漠老师的学生，他们都积极阳光且善良，雪漠老师的精神在大家口中传扬，让我对雪漠老师更加心存敬仰。

分享中，大家说我的很多思想与雪漠老师相似，果然，相同的磁场距离再远都会相吸在一起。

雪漠讲道，醍醐灌顶

当得知雪漠老师来湛江做讲座时，第一时间就向小婷报了名。

远远看见老师，就感受到老师身上强大的磁场。不算很大的讲座厅座无虚席，参加的书友从小孩到老人，各年龄段都有，相同的是从着装到面容都平和友善。老师当天讲的是《道德经》第七十四章 "民不畏死"。

老师有很重的甘肃当地口音，我很用心去听，但遗憾只能听懂五成。"民不畏死，奈何以死惧之"，这是讲座的开篇。我一边消化老师传授的内容，一边与我自己的实际相结合。老师说，每个生命都惧怕死亡。于是，我问自己："我怕死亡吗？""为什么会恐惧死亡？"我的答案是："因为有太多牵挂。"我不是一个人活着，我活着是为了身边的一群人，所以我怕。

我从没有思考过这么严肃的问题，在这样一个太平盛世，对于我们这些正当年的家中顶梁柱来说，从不会花时间考虑这样的问题。但认真考虑后，得到答案的同时也回答了为什么自己要这么拼搏，从而会更清醒地拼搏下去。

每个事物都有自己的责任与权利。世事自有运行的规则，人只是其中的一粒微尘而已，做好自己的事就好。

大概 1 小时后，老师的讲座结束了，到了大家的提问时间。

有人问："什么时候才具备修行的条件？"

老师回答："当你有呼吸的时候。"

人生每时每刻都是在修行，我们不要把修行理解得多么高深莫测，修行就是让自己做得更好，心有正念，向正念而行，就是修行。

又有人问："遇见一个不能再容忍的老公，但又不想放弃自己的孩子，该如何选择？"

老师回答："能活就继续活，活不下去就换一种方式活。"

对于任何人的问题，不管深奥还是肤浅，老师的回答从容淡定、一语中的，刹那间让人醍醐灌顶。一个格局很大的人，所有的悲凉与幸福，都在他的眼底，你认为多困难、多过不去的坎，在他眼里都是这个阶段应该经历的磨炼，不需大惊小怪。生命那么长，如果一直顺风顺水，不会对苦难有所感知，就无从知晓幸福从哪儿来。每一个生命都会经历，唯一不同的是，早些或迟些去感受这些磨难。我们更希望的是，在身体、能力、心理素质都还可以抗压的时候早点去遇见及经历，这样可以获得更多的时间去总结经验，多些时间享受自己创造的生活。

"向上书友会"成立了

讲座结束后，购买了老师的《世界是心的倒影》，只读了几行字，就觉得与老师可以隔书相望，那种迫不及待又舍不得读完它的感受，就像遇见了一杯难得美味的手磨咖啡，喝完了，不知是否还能遇见。

于是跟小婷分享，2019年12月7日，小婷说："我们办个读书会吧，分享我们的心得。"我俩一拍即合。"向上书友会"正式成立，每周六下午3点至5点一起相约向上的人，希望可以影响到更多的人向上。在举办的过程中，能解开大家的困惑，帮助到大家就是雪漠老师给我们的磁场，让我们将老师的思想传播下去，让更多人感受到生命的美好。

也因为书友会的成立，让我受益，让我觉得《女人向上》这本书可以更加紧密地跟我们的"金富小栈"结合在一起。《女人向上》体现的是一种精神，而我们的"金富小栈"是精神的实体体现。在这里，可以看见一切废旧"零件"重新焕发生命，可以感受到家的温暖，可以感受到所有细节的用心，可以感受到焕发出的积极向上的能量。一种精神与一间店的结合，可以看得见、摸得到。我心里也埋下了一颗种子，未来我想成为一个可以帮助更多人解开心灵困惑的老师。

很多事不是巧合，而是当这个磁场能量足够强大时，很多相同的东西都会被吸引而来，但身在其中的你会觉得这些都是巧合，甚至会觉得是命中注定，其实不然。

待《女子向阳》出版时，"向上书友会"应已举办了60余期。以下的篇章内容出自书友会上嘉宾老师分享后的感悟。向上的人都相信：向上有磁场，会让一切向上！

向阳之光
寻找榜样法

想成为什么样的人,就要向他靠近,尽量接近。

靠近能量场,接收他的能量,最终融为一体。

冥想，万物相通

万物相通，爱是"根蒂"

冥想让心静，所以可以思远，让自己的宏志前行千里。

第17期"向上书友会"邀请了瑜伽老师焕珍来给大家做静心冥想，冥想的时间大概有30分钟。不止一次听老师说，瑜伽是自己身体与灵魂的结合，通过一呼一吸之间，我们能感受到自己身体的存在，感受到自己的思维可以在自己之外。

日常忙碌的我们，或许从来都是把脑子当成一个工具，在我们需要思考问题时，脑子会马上投入工作，当我们刻意地静心随着引导开始冥想时，思绪就像一个有感知力的灵魂掠过我们脑、心、肝、肺、腹腔。

通过一呼一吸这股气流慢慢感受与自己日日相连却无暇顾及的每一个器官，我们从来没有思考过该怎样去呼吸，甚至都忘记了呼吸的存在。在瑜伽运动中，在老师的引导下，关注吸气，吸进的空气在大脑的意识中经过五脏六腑进入腹腔，又通过呼气将五脏六腑里藏匿着的污浊气体反方向排出，不断重复。冥想结束时，我们就如经历了一场洗礼，全身轻松。

大多数人都把天天陪伴我们的身体当成一个无缝衔接的工具，大脑有指令就会自然将每一个器官启动，完成一系列的行为任务，这是一种很自然且无须刻意去记忆的连贯动作。因为自然，我们从来没有感到这些"工具"存在于我们身体中的感受。而当我们此刻安静下来，被要求做的唯一一件事就是闭上眼，通过一呼一吸去感受它们的形态时，才发现身体这套系统设计得如此天衣无缝。

冥想除了能让我们感觉到自己的身体以外，还能让我们的大脑脱离某一刻所处的时间、空间，随着我们的思绪，跨过千里之外，跨过几个时代或几辈子，任意去到你想去的地方。不管你上一秒的情绪多么悲伤，从这一秒走进自己的内心起，你最期望看见的快乐时光，都会由心而发出微笑。短暂的自我隔离能让你重新找回继续生活下去的自信与勇气，这是一种自我疗愈，为了更好地迎接每分每秒，很多方法都可以解决当下的消极悲观，而冥想却是这些方法中成本最低且最简单可行的方式之一。

两眼有光，内体透亮

当我们做完冥想后，慢慢睁开眼睛的那一秒，会感觉眼睛特别明亮，也许这是适应灯光的一个过程，或者是感官被重新"洗涤"。由于当时坐得离焕珍老师很近，张灿教练也正好坐在我的正对面，在大家非常随意地分享自己的感受时，我观察焕珍老师和张灿教练的眼睛，明亮而有神采；继续观察了一下其他人，有的有光，有的暗淡。

在冥想时，老师最常说的一句话是：吸进天地之灵气，呼出身体的浊气。我们若懂得深深的一呼一吸，身体内部会干净透亮，没有污秽，没有怨气淤积。吐纳呼吸从内向外，会直接体现在眼神、面色、形态上，最终形成有灵气的向上气质。

呼吸是一种自我的清理，能保持我们的身心干净。运动健将们眼神不仅透亮还十分坚定，除了因为习惯了对目标执着外，他们体内的污秽可以随着大量的汗液排出体外，这也保持了他们的体内始终干净。还听说过唱歌疗愈的方法，是通过大声歌唱，排出内在的污秽。

大胆地想象一下，或者喜欢吵架的人，他们的内体也比较干净，因为他们可以通过吼叫达到排毒的效果；相反，那些不会发泄，不愿发声的人，外表虽然安静，但人在红尘中，吃五谷杂粮，都会日久生疾，安静的他们如果没有排解方式，会两眼空洞、肤色暗淡，这或许就是内体不通透的表现。

塑身修身，表里如一

所有人都是爱美的，尤其是女人。让自己满意，让别人赏心悦目的出众外表，是看得见、摸得到的外在体现。而内心的美，虽然无法在第一时间就看到，但心形一致、表里如一的美，会在言谈举止中与外表共同代表你的形象。真实的美才有生命力，会刻入你的身体，融入你的血液，不需要刻意，何时都会自然呈现。

身在忙碌的现实之中，我们常常忘了去安抚跟自己意识一起努力的身体，冥想可以帮助我们看见，看见内心真实的自己，修炼内心是最好的自我疗愈。当我们可以做到随时控制自己的情绪时，就达到了自己做主的自由之身、自由人生。

万物相通，爱是"根蒂"

很多时候，我们的思维习惯都是做了某些步骤后，取得某些成效。毕竟，结果是所有作为所追求的终点。而有些人总是习惯在已经有结果的自己或他人的过往事件中思考，为什么这样做得到了这样的结果。

感谢书友会的平台，给我提供了取之不尽的不同群体的经历与故事，一切遇见都是上天最好的赐予，这是上天对我极大的恩宠。

在书友们的很多经历中去找寻根源时，会发现万事万物的根本都是相通的。就像地上的生物有千百万种，但我们深挖它们的根后，发现它们的根脉相连，出自同一个母体，连接它们的是一个根本，"爱"是生命力的起源。

年轻时的我们没有经验，需要在不断的经历中获得经验；而立之年的我们有了一定阅历与经验，凭借获得的经验高效拼搏去追求优越的生活与财务自由；年长的我们会多些思考，结合自己的经历与所遇见的人、事、物去探索和找寻万物的根源。听别人的故事，尝试用相通的根源去推导答案，再用答案去验证，最后得到"根蒂"。这就是为自己一生经历所做的凝练，后代子孙怀揣"根蒂"去解决遇见的诸多困难，就会知道下一步前行的方向。

向阳之光
学冥想

冥想其实就是给自己一个安静的时间,让自己的心与天地相连。

最简单的冥想,安静、专注、心无杂念,定能生慧。

日常之美源于爱

最美的空间里一定有感情的倾注。

2020年6月6日，书友会邀请了汉文做嘉宾，不大的小栈二楼，座位全部坐满了。

冼汉文，是最地道的湛江文化人。由汉文主编的《粤西越美》共6册，包含湛江味道、湛江人文、湛江老街、湛江手创、湛江西海岸、湛江东海岸等几个主题，都是汉文将自己这么多年对湛江民间最质朴、最接地气的湛江文化。收集整理，配上自己深入民间所拍摄的图片，他用自身感受凝结出的一字一句，著成了这一套代表湛江文化积淀的文学经典。这几本书，之前没有人做过。从书里可以感受到有温度的城市文化，这样的文字没有几十年与之相融的积淀，是无法完成的。

汉文最让我敬佩的地方是，他用心血凝结出的成果都是个人行为。从创作到发行，都是一群爱湛江的朋友利用业余时间来一篇篇完成的，其中没有政府、企业的支持。这种因为喜爱而自发的创作，为湛江历史留下记录并可以流传百世，是伟大的人做出的伟大的事。

汉文分享的主题是"日常之美"。

如何创造美，如何发现美，如何欣赏美，如何传播美。

创造美

汉文先从每个人的日常着装入手打开了当天的话题，如何配搭才是美？为什么有些美丽的衣服在不同的人身上穿着却感受不到美？

美是一种和谐，每天穿什么样的衣服跟你当天的心情、将出席的场合有很大的关系，这些都代表你是否与环境融为一体。我想，汉文所说的和谐，就是自己觉得舒服，观者也觉得舒服，如果还觉得赏心悦目，就是最好的美。没有刻意呆板的穿搭技巧，只要了解自己，了解物的属性，与之相融，才是美。

当我们的生活还处于温饱阶段时，任何器物只要实用、耐用就是最美的。每个人对美的认识是不一样的，这跟每个人的阅历有关。所以，我们不用觉得别人的东西不美，这只是个人的想法，不能妄加评论。

原始自然、古朴原创的事物很美。汉文分享了一个他小时候盛粥的勺子，是用椰壳和藤条做的把，这个勺子，他现在仍觉得很美。包括汉文主编的这套《粤西越美》，及很多以"老"为题材的作品，都是汉文眼中的美。

这点我与汉文有相似之处，我也喜欢这些古朴原创手作的东西。为什么我们会喜欢这些东西呢？我们都是感性的人，很容易被别人感染。当这些千锤百炼的器物被匠人打造时，每一个细节都倾注了匠人的心血，所以这个器物被打造出来后，带着匠人的体温，是一个有生命的物体，它似乎有心脏跳动。它正好遇上了你，跟你的心在同一个频道上，所以就引起了共鸣。

万物都是相通的，存在我们身边的一个看似平凡，却流传千古的"好物"，同样值得我们去学习，它生存的根本，就是它的价值所在，知晓并领会，让我们懂得自身在世上的"价值"。

发现美

很多人不能发现身边那么多美，但很多人眼睛里却全都是美，为什么呢？

爱生活之人，会更加懂得美。因为他爱生活，所以对生活永远都是充满希望的，就会发现很多美，就会让自己在生活中看见很多美好的东西，其根本就是那句老话：心所念，眼所见。

我们从对这个世界一无所知，到一生都在探究这个世界，年龄越长，会越加喜欢最简单的东西。因为越来越知晓一切都是身外之物，这种时候，自然淳朴的东西，就成了我们觉得最美的东西。审美的改变，还是取决于我们的内心。美其实是一种爱，当我们的心中有爱，我们会觉得"美了自己，又美了别人"的才是我们的审美观。这个美了别人当然也代表着我们生活的大自然，当我们所用、所吃、所住的都是大自然馈赠的最原始、淳朴的东西时，我们就会觉得它真的很美。

欣赏美

汉文在分享中说过一个故事。一户人家请朋友来吃饭，他们用一下午的时间来布置家里，尽管所吃的东西很简单，但他们觉得为朋友做这些很花功夫但赏心悦目的事情的过程很美。所以，美其实不是一个具体的事物或表象，而是一个过程，为美准备的过程。为什么这么说呢？因为这个过程是主人用心的结果，是主人倾注的用心，这是一种温度，这种温度会打动看见这个场景的人，引起共鸣。

最美的空间里一定有感情的倾注。所以不要在乎结果是否可以达到我们想要的最美的样子，这个过程就已经很美了。而这个过程，取决于我们现在为结果而迈出的每一步，努力前行、脚踏实地开始行动就已是最美。

那一周，我们周四才开始宣传第 10 期书友会会邀请汉文来做嘉宾的事，结果报名的人瞬间爆棚，整个二楼坐满了汉文的粉丝。我问大家，汉文帅吗？汉文从长相来看不一定是帅的那种，但为什么有这么多粉丝为他而来？那是因为汉文美！汉文的每一本书、每一个作品，都可以看出他的用心，他造就了每一个作品，他的每一个作品也成就了他。用心去做的每一个作品，就有温度，就是美，就是魅力。所以，日常之美到底是什么？其实就是自己是否用心对待每一个人、每一件事。

汉文的第一本杂志是写"湛江老街"，说起他当初为什么选这个主题，首先是因为自己特别喜欢湛江的老街，觉得真的很美，他想通过这本杂志激起所有湛江人的回忆，这也许就是有情怀的汉文做这件事的初心。这份初心就是对湛江的"爱"，于是用心去做就有了温度、有爱、有温度、有生命，就会与更多的人产生共鸣，这就有了今天有魅力的汉文。

他分享的就是：创造美、发现美、欣赏美。

审美观其实是一种价值观的取向。我相信，因为向上，来到这里的朋友是一群相似的人，大家的价值观也比较相同，所以大家都认可这些原始、古朴、真实的美丽。因为有爱，所以我们可以去创造美；因为爱生活，所以我们会发现美；因为希望有爱的传承，所以我们会欣赏美。爱是一切获取美好必不可缺的最根本的根源。爱就是日常之美的根源。

传播美

在沙龙的互动环节，有人问：湛江有什么东西值得我们宣传？

我的答案是：湛江有很多自己的民俗、建筑、特色、好吃的东西，任意一个人，只要用心去写故事，用心去传播故事，都可以成为代表湛江的特色宣传。这样会打动身边所有人，大家会主动去宣传这个美好的事物。

这期的书友会，感觉层次突然拔高了，由于汉文是一个为湛江宣传默默奉献的公益人，而且他是非常用心地在做，所以激起了大家身为湛江人，为自己家乡贡献一份力量的心。我们都是有爱的人，我们需要做的是，身为湛江人，做好自己力所能及的事，就像汉文一样，宣传我们湛江的好事。

余生很贵，要和美好的人、美好的事物在一起，这样就能拥有发现美、创造美的能力。

向阳之光

审美观

我们从对这个世界一无所知,到一生都在探究这个世界,年龄越长,会越加喜欢最简单的东西。因为越来越知晓一切都是身外之物,这种时候,自然淳朴的东西就成了我们觉得最美的东西。审美的改变,还是取决于我们的内心。美其实是一种爱,当我们的心中有爱,我们会觉得"美了自己,又美了别人"的才会是我们的审美观。

在众人面前讲话

演讲让别人记住你，记住价值。

我们的书友会不知不觉已经举行了 20 期，离第 100 期还有 80 期，先许下一个美好的愿望。

我们坚持做着开了头就没有考虑过要放弃的事情，其实我们也不知道这个没有任何利益关系的组织未来会怎样，但始终相信我们想让"大家更好"的初心，跟上大家的所思所想所需，不断改进，让"有用与有趣"保持下去，相信会吸引越来越多的人拥护着一直走下去。

这一期，我们分享的主题是：在众人面前讲话。每个参与的人进行限时 5 分钟的台上演讲，希望通过对大家的观察，再用实际分享的案例，帮助大家找到"在众人面前讲话的方法"。

沙龙上，小欢演讲的主题是"护肤"，小鸣演讲的主题是"老人与年轻人的育儿差异"；张教练的演讲没有主题，想到哪里讲到哪里，最后时间到了，她自嘲说好像挺乱的，问我们大家她的主题是什么，她就是这样一个思绪奔腾的人，但这并不妨碍大家喜欢这个真实的姑娘。

金英演讲的主题是"健康检查",上台时有点紧张,演讲时有时眼眉低垂,不敢与大家的眼睛对视,有点不自信;梅姐演讲的主题是"细节决定成败",用故事来承上启下;志文分享"打破固有思维框架";静静分享"茶";兴婷分享"脉轮"。

现场气氛非常活跃,在这次演讲中,大家都有所收获。

如何演讲?

第一次在大学里登台做主持,紧张地站在台上5分钟讲不出话,到现在几十人、几百人、几千人的场合,我尚可淡定自若地不带稿子上台,这是因为经历多了的缘故。在众人面前说话,有哪些关键点呢?脑子里第一时间闪现出以下内容:

1. 要有提纲;
2. 要说"人话";
3. 感动自己,方能打动他人。

第一,关于提纲。

不管在多少人面前讲话,都要有所准备,要提前思考要讲的内容。提纲可以提醒演讲者讲话的前后逻辑。

在会议、培训等场合,通常需要我们在讨论学习后发言,这类发言提纲归纳的方法可以是:除了记下自己计划讲述的内容外,先认真听取老师、领导、同事们所阐述的观点,发现有共鸣或疑点时便记录下来,然后形成很多观点。最后，我们归纳整理记录的要点，轮到自己发言时，就可以按1、2、3……的步骤去陈述或提问。这样的学习与沟通方式，不但效率高，也会让大家感受到你的思路清晰及对会议培训的重视，当然也会给他人留下好印象。

在公众场合演讲，我们也可以用提纲这种方式，把要讲的主要内容记下来。我们可以通过两个方法完成提纲内容，一个是把自己想讲的话全部写下来，然后再根据写的内容，整理出一个提纲，逻辑清晰；另一个是先确定要讲几个关键点，再根据要点展开，写出要讲的内容。我们写下具体的讲话内容，不是为了在演讲的时候去背或去念，而是通过一边写一边思考，在脑子里形成印象，在演讲时很自然地跟随记忆去讲述。

任何讲话，最好用目光交流的方式去讲述，而不是看着讲稿或双眼无神地背诵。这两种方式的不同之处在于，一个在跟你说话，会与你同频；而另一个在讲话给你听，你是否在听对方并不关心。

第二，讲"人话"。

我们听过很多课程，很多时候分享者很卖力地讲，但大家似乎都听得云里雾里。当然，这也许跟每个人的知识结构、阅历有关系，讲述很多高深莫测的专业名词或者引用过多的经典语句，只会让听者感觉老师真有文化。我们不管是说话、做事、做人，都应该考虑对方的感受，对方是一个文化层次低的人，我们讲话时就应该简单朴实些，关键是要让对方听懂，而不是讲废话。

常说的讲"人话"，还有一种理解是，如果只是讲一个道理的对与错，是很难说服对方的，因为每个人看问题的角度不同、理解不同。但如果我们说一个小故事，听众就会以局外人的身份去听，更容易理解我们即将讲的大道理，这种方式更能让听众明白。所以，善用小故事，说接地气的话，都是讲"人话"。

第三，感动自己，方能打动他人。

我在众人面前讲过很多话，但也会有讲完后自己都不知道刚才讲了什么的感觉，这些不知所云的语言别人又能记住多少？这种沟通是在浪费彼此的时间出现这种状况，我常反思，最后的结论是：说话不用心，敷衍了事。

我们讲的故事一定要是自己有过切身感受的，这样才能讲出让自己有感受的语言，如果我们讲别人的故事，我们或许只能复述，但不能感同身受，不会感到他人的快乐与痛苦。

例如，现在我们每天都唱一首，唱歌是为了这首有能量的歌能够带给大家激情，但很多人如背书一样地张张嘴，一点儿没有领略到唱这首歌的作用。于是，我跟大家说：一，在文明社会，我们没有了大呼大叫的机会，每天早上，我们的五脏六腑里有很多浑浊气体，没有机会吐出来，正好可以通过这两分钟的歌唱，把浊气吐出来，对我们身体有好处；二，认真体会这首歌的歌词，将它唱到自己的心里去，"点燃心中的梦想，想做就勇敢去做，执着的眼神足够坚定……"这些都会给自己坚定的信念，自己有了信心，就会有所成长。能说出这些，是因为我在唱这首歌的时候，就感觉这首歌可以给我带来能量，如果我没有这种感觉，就算说出来，也不能引起大家的共鸣。

讲话时，我们也是在跟自己讲话，自然会有很多不同节奏的语音、语调及肢体动作，这一举一动都随着语言而自然流露，不需要刻意强调，也为吸引大家起到了辅助作用。当沟通时，如果发现有人没有认真听，或许可以放慢语速，吸引他的注意，重新将他拉回来。你的语速、语调如果可以不断拉回大家的注意力，相信也是一次成功的沟通。

　　我没有读过很多书，所以我说话与写字都只能用最平凡的语言去跟大家沟通，这是我的缺点，但或许也是我的优点，接地气可以让大家看懂我的文字，听懂我说的话。我们都是平凡的人，做一个大家喜欢的人，挺好。

向阳之光

演讲"三心法"

1. 要有提纲。
2. 要说"人话"。
3. 感动自己，方能打动他人。

走出去，温暖更多人

去陪伴孩子就是给孩子最好的礼物。

所有的一切都是缘分注定，我们没有刻意去寻找。

2020年9月9日，腾讯公益日，上官打电话给我，说他准备去一所特殊学校，送些冬日关怀包，我说我也去。我顺便问了上官，"向上书友会"都是些有爱的朋友，我可否带上他们一起去看看，上官说当然可以。

临行之前我问上官，我们需要带什么物资吗？上官说："不用，去陪伴孩子就是最好的礼物。"

大人小孩有30多人相约周六，大家各自驾车在9点半前到了这所遂溪艺术学校。这是一所成立于1981年的民间自办学校，由卢陈兴校长创办，收留了很多没有父母的孩子和留守儿童。很多孩子从小开始，一直到成家立业，都在这里，他们不仅学习文化课，还从小练功，学习武术、舞狮、粤剧等技能，为的就是长大之后能有一技在身，走到哪里都有本事。

本以为特殊学校的孩子会表现出淡淡的忧伤。但踏进校门，面带笑容的小女孩蹦跳着主动来帮我们测量体温，院子里大大小小的孩子开心地向我们靠拢，没有害怕、没有陌生，眼里满满都是对我们到来的期盼，院子里到处都是欢乐的氛围。

院子里的孩子各个年龄段的都有，从三四岁到十六七岁，他们面带笑容靠近我们，而朋友们带来的孩子，都喜欢躲在父母身后。是的，这里的孩子已经习惯了没有遮风挡雨的依靠，大方面对是他们形成的习惯。每个孩子都像一株顽强上进的小草，不管在哪里，都让你感受到他们身上努力生长的力量。

他们的眼睛清澈、透亮，他们的笑容阳光、自信，他们的一举一动都展示着快乐。拉着孩子们的手，跟他们聊聊天，他们的表现大方得体，眼睛从不躲闪，会真诚地看着我们的眼睛。每个孩子都有灵气，本来我们希望给孩子们带来阳光，但相反，却是他们照亮了我们，给了我们温暖，给了我们无所畏惧的力量。

我喜欢拉着孩子们的手，喜欢坐在他们身边，喜欢看着他们的眼睛，喜欢跟他们一起笑，喜欢听他们讲故事。他们会告诉我，爸爸在哪儿，妈妈在哪儿；他们会告诉我，自己在这里已经待了5年；他们会告诉我自己的衣服洗完晒在哪里；他们会告诉我自己的亲妈已经不在，爸爸不常来，后妈没有来看过他们……

当我怜爱地询问他们："你们喜欢什么？阿姨下次带东西过来看你们。"孩子说："我喜欢你。"一群孩子跟着说："我们喜欢你。"单纯的孩子们，在这个年龄，他们本可以喜欢可爱的娃娃、漂亮的头饰、美丽的衣服……但他们却很真诚地告诉你，他们只喜欢你。

孩子们只希望你能够常来看看他们。我感动，但不敢流泪，因为在孩子们面前我们没有资格流泪。幼小的他们在这样艰苦的环境下，让我们看到的是他们的开心快乐、阳光积极，大大的我们带给他们的也应该是永远开心的笑容。

孩子们的小手都暖暖的，他们在温暖着我，个个都是小太阳。孩子们拉着我的手，带我去看他们的宿舍，每间宿舍都有 6 张铁床，是上下铺，每张床上都铺着凉席，虽然简陋，但摆放得整整齐齐。孩子们自己洗衣服，简洁的宿舍可以闻见洗衣粉的香气。孩子们拉着我的手去饭堂吃饭，主动带我去打饭，希望我跟他们坐在一张台上，早早给我留好位置……孩子们拉着我的手不断问我同一个问题："阿姨，你中秋节来看我们吗？"

在这群孩子的世界里，中秋节是一个隆重的节日，他们或许没有机会去询问自己的爸爸妈妈能不能来看他们，但现在我们就在他们身边，孩子们希望像父母的我们答应他们：中秋节，来与他们一起过节。

孩子们，就这一点点愿望。我说："我们一定来。"

要离开时，给孩子们一一写下了自己的电话，跟孩子说："想阿姨的时候给我打电话，阿姨会常来看你们。"孩子们一直不舍得松开我的手。我喜欢他们，甚至想带他们回家。我问那个只有 5 岁、戴着小眼镜的孩子："跟阿姨回家，好吗？"孩子说："不，我要学习认字，认识很多字，才能长大。"

久久，我都不愿离去。孩子们在门口挥手跟我们说再见，那几个一直拉着我手不肯放的女孩子，手松开了，眼睛却一直看着我。此时的我分明可以感觉到，有一股暖流在血液中流淌。

突然间，感到很幸福，我多了这么多孩子。当我们温暖别人的时候，我们也被温暖到了。

后记

距中秋节还有两周,书友会就已经开始筹备着再次去看望孩子们的事情了。却突然收到上官发来的信息:卢陈兴老校长因病离开了我们,学校取消了一切探望活动。听到这个消息,心里非常难过:一是,尽管我从来没有见过卢老,但看着这群积极向上的孩子,就知道卢老定是一位德高望重的有大爱的老人,他的离去让所有人惋惜和心痛;二是,这群孩子们也一定因为卢老的离开非常难过,就像自己的长辈离开,而在他们难过的时候,我多想敞开怀抱给他们些温暖。

相信卢老40年的大爱精神会继续在这所学校传承下去,我们也会尽自己所能,一起帮助孩子们健康成长。

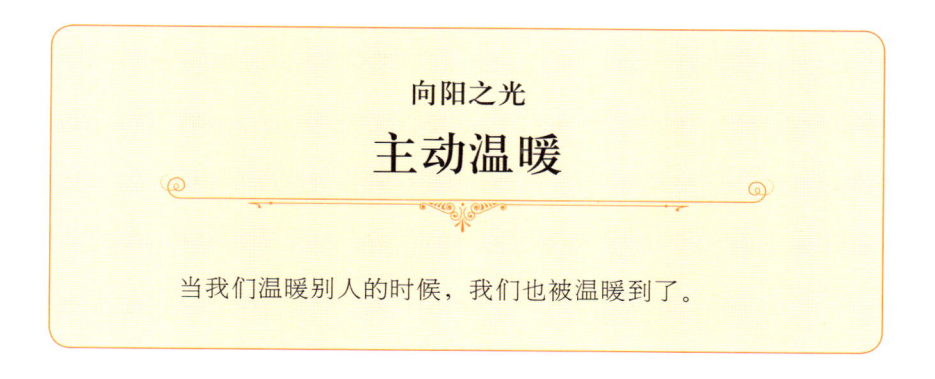

向阳之光

主动温暖

当我们温暖别人的时候,我们也被温暖到了。

向上，向阳

在每个人心底种下一颗"爱"的种子，让它在温暖的心房里生长。

在书友会举办至第 30 期的时候，迎来了"向上书友会"成立一周年的日子。班委会策划了一周年庆典，有近 60 位书友欢聚一堂，在鲜花盛开的典雅环境里，盛装的我们坐在一起回顾这一年书友会走过的路、读过的书、见过的美、解开的惑、流过的泪……大家都喜欢这个无私而有爱的小地方，每个人都那么清澈透亮、那么干净纯粹。来到这里，大家没有思想上的负累，没有伪装强大的面具，每一颗柔软向上的心聚集在一起，温暖得像太阳，点亮了全场。

离第 100 期还有 70 期，这 30 期走来，我们的初心只是希望一起与朋友们分享积极向上的故事，鼓励彼此一起向上成长。从刚开始时分享一本书、一个愿望、一个主题观点的讨论，到后来我们邀请行业精英和嘉宾分享他们的故事，再到后来，我们常走出去看看大自然，并力所能及伸出双手温暖他人，书友会不断变换着传递向上能量的"爱"的形式。"向上书友会"在年轻、有活力的班委成员的加入下，更加有了蓬勃向上的生命力。

接下来我们依旧会怀着这份不变的"让彼此变得更好"的初心，继续举办每一期。相信在"爱"的指引下前行，在"向上"能量影响的磁场中，有更多的 100 期在等着我们。

在书友会举办的这 30 期里，身在其中的人都有了很大变化。兴婷，在来书友会前，给人的感觉如不食人间烟火的仙姑，她可以说出天道、人道，对生命科学认知的博学让人钦佩。可是，她思想丰盈，气息却柔弱，每说一句话，都会在结尾时深吸一口气，然后接着说下去。她没有认识到，身体是自己传播能量的载体，我们每个人都需要去爱护它，借助身体才能更有效地去影响他人。

一年过后，兴婷在书友会里找到了与自己相通的瑜伽，通过锻炼身体，让自己的气息连通了大地。如今的兴婷中气十足、脸色红润，整个人都焕发了新生。

在书友会里，改变的人还有很多很多。小欢曾经对店面管理的未来充满迷茫，如今在创业的路上淡定自若、积极而快乐；小鸣曾经内向腼腆、封闭自我，如今主动担当书友会班委的大梁，从容大方；金英曾经因家庭关系而郁郁寡欢，如今与孩子手牵手、光彩照人……大家都在潜移默化地转变。

"向上书友会"具备的神奇力量就是：来到这里，就能够让大家把久闭的心门打开，让暖暖的阳光照进来，一起清理心中久未打扫的淤积，心不仅温暖了，还变得干净敞亮，最后在每个人心底种下一颗"爱"的种子，让它在温暖的心房里生长。

书友会结束，我们关闭心房，轻松地面对之后的每一天，虽然依旧会遇见不顺心的事，但因为心里有了温暖与爱，以前总会犹豫不决，现在变得轻松容易了，我们始终坚持"爱的种子"基因里的"让彼此变得更好"的根本，互相帮助、一起成长。

对于我来说，向上书友会开办后最大的意义是：打开了我原本封闭的空间，让我更加了解到各个维度的人、事、物的看法与观点，在大家敞开心扉讲述的各种故事中，不断去检验我的认知根本，每一件事、每一个人，知晓了因果由来就知晓了根本。

"心所念，眼所见"，我们都需要给自己一个愿望，但不能只执着于这个似乎很遥远的目标，而应脚踏实地地做好当下的每一件事。事物发展遵循大自然的规律，人都会遇见各种磨难，心有美好的念想，积极向上、向阳、向善地去面对一切纷扰，终会看见阳光。

向上，是生命成长的态度，是我们的内力，让我们自信、乐观、积极地面对纷纷扰扰，始终做一个有"爱"的人；

向阳，是生命成长的根本，是成长的外力，不自大，让心保持与阳光相通，行驶在同一轨道，认真做好宇宙间的一粒有价值的微尘。

在我们有限的生命里,积极向阳,生长自己,滋养别人。身体可以『死亡』,向阳的精神永存。

第五章 向阳而藏——那些曾经温暖的阳光

记住他们曾经来过

不惑之年、风华正茂,已成长为家庭顶梁柱的我们成了家里最重要的主人。小时候最盼望的就是长大,长大以后可以做一切决定,不用天天被长辈们呼来喝去,不用处处都要询问他们的意见。小时候喜欢自由,长大后虽然没有了约束,但身上的责任如紧箍咒一样更加压抑、紧迫。那些曾经最有权威的大人在逐渐变老,身边的老人一个个地离去,在大自然生老病死的规律面前,我们显得苍白无力。但他们把这杆家族责任的大旗交给了我们,我们必将继续勇敢前行。

为了让家更好,我们努力奋斗着。日常工作、生活繁忙,多陪陪老人都成了奢侈的安排,就更没有想过为逐渐老去的长辈们写点什么,但当他们永远离开了我们,无论如何,都要把留在脑子里尚且清晰的点滴印象记录下来。因为,如果不把脑子里的影像变成文字,刻下烙印,时间将会冲淡一切,多少年多少代之后,留在子孙后代记忆中的故事会越来越少。他们艰苦奋斗一生为子孙的幸福铺垫着基石,子孙们用千百个字浓缩了他们的一生,是对长辈们最后的尽孝。

外公是第一个从我身边离开的长辈。时间已经过去了十几年，今时今日，当我再看到给老人家写下的文字时，依旧会泪流满面。如果不是文字留存，相信很多细节都没有了印象。时间会磨平一切，不想让最爱的人一点点从记忆中消失，他们养育了我们，我们不能忘记他们，子孙们也不可以。

除了长辈以外，身边的朋友、同学、同事也有因为突发事件离我们而去的。因为突然，才更觉得生命如此可贵，内心深处忍不住惋惜、伤感，念及已故友人的音容笑貌，把在脑海中相处时的记忆化为文字祭奠，只为留下他们永远青春的模样。

懂得感恩，方知今天存在的责任。过好每一天，胜任好每一个身份。在未来我们老去离开的那一天，也希望有后人为我们记下曾经来过的千百个字。因为你来过，我们变得更美好。

这或许就是我来到这世界上的意义。

天上多了一颗看着我的星

外公去了，一句话都没有留，就安静地走了……

也许他根本没有想过会离开我们，他一辈子操劳，不放心一切。如果他真想到自己某一天就要离开他一辈子没放心过的世界，一定会有千言万语要交代。但他一句话都没说，睁着眼睛离开了我们。走之前，他还听话地吃了一颗药、打了一针，因为他相信自己吃完药、打完针就会好起来，就会回到熟悉的家。还有一个月，儿女都会在身边陪他吃年夜饭。但，他却安静地走了。

一辈子操劳的命

外公是那个时代少见的读过书的人。听外婆说，外公从小就没了父母，他也没有兄弟姐妹。在那个年代，靠自己读完书找到一份稳定的工作，而且还是人人敬佩的高级技术工人，拥有工会主席、优秀党员等光荣头衔和身份，这都是他自己争取来的。

第五章　向阳而藏——那些曾经温暖的阳光

外婆没有工作，妈妈一共有兄弟姊妹六个，这一大家子全靠外公养着。那时的日子再艰苦，外公也让子女们去读书，虽说只有三姨最后上了大学，但儿女都因读过书而拥有了稳定的工作。妈妈、姨姨、舅舅们在外公眼中永远是长不大的孩子，只要他有能力，一定把所有的事提前为他们安排得好好的。记得在三姨20岁左右去昆明读大学的前一天晚上，外公把能想到的事都详细跟三姨交代了，连坐火车上厕所时厕所门应怎样开启和关闭都交代得清清楚楚。

外公在70岁时，身体还算健康。舅舅是外公唯一的儿子，外公的心病在于舅舅的工作一直没有太大起色。舅舅有一天无意在杂志上看见一则"养黄鳝"致富的信息，而立之年的舅舅想通过自己的努力改变家里的条件，这本是非常正常的想法。但70岁的外公不仅将事情问得一清二楚，还要求和舅舅一起去武汉进黄鳝苗，他就是担心舅舅会被骗……

弟弟小学时曾去三姨家读过一阵书。弟弟很调皮，外公对他非常不放心，担心他跟其他孩子学坏。五姨结婚那天，由于不是周末，弟弟还要上学，但结婚摆酒席的地方在城里，外公竟然放弃参加女儿的婚礼，选择留在家里照看弟弟。

外公为儿孙操劳了一辈子，从没有放心过一件事，所以他的一生过得很辛苦，儿女们也许正因为他的过度关爱反而丢失了斗志与冲劲儿！

外公的猫、狗、猪

外公非常喜爱动物，如猫、狗、猪，从外婆、几个姨那里我总听到他与这几个小动物的故事。

外公在 30 岁左右刚调到云南时，曾养过一条大黄狗。大黄狗每天都跟着外公上山打柴，每天送外公上班，等外公下班。有一天，大黄狗等到很晚都没有见外公回家，就顺着他回家的路去找。不久，在家的外婆、姨们听见门外黄狗用爪子抓挠着大门，不停地狂叫。家里人出来，却只见黄狗，未见外公。大黄狗带着外婆朝外跑去，在一条水渠里发现外公没有知觉地躺在里面，最后经过抢救，外公醒了过来。原来是外公跟几个朋友喝酒后昏倒在沟渠里，多亏黄狗及时相救。

从此之后，外公更加疼爱这条黄狗。可好景不长，矿里组织打狗，外公是干部，要以身作则，所以他将黄狗狠心送给了相距几十公里的镇上的一户人家。每个星期到镇上赶集时，他都一定会去看看黄狗，陪陪它、摸摸它，直到有一天他看见一张黄狗皮挂在一间房的外墙上。为此，外公痛苦了很长时间，后来他时常提及那条救过他命的黄狗伙伴。

外公还养过几头猪。小时候，我在外公家住过三年。那时我才 3 岁，已有些许记忆。外公每晚有两个爱好，一是下象棋，二是下完象棋进猪圈跟猪聊聊天，摸摸它们。有一天，不知怎么回事，猪变得很狂躁，居然在外公抚摸它时，咬了外公。从那以后，外公就再也不找猪聊天了。

后来外公很多年都没有再养过动物。为了排遣寂寞，在外公 73 岁时，别人送了一条宠物狗给他，名字叫<u>丝丝</u>。外公每天照顾它，还将大块的东西嚼烂了喂它吃，<u>丝丝</u>每天就蜷曲在外公怀里睡觉，跟外公上街，形影不离。后来四姨被调到一个偏僻的山区上班，外公有次带着<u>丝丝</u>去看四姨，<u>丝丝</u>被马蜂蜇到，死在了那个山区。外公把<u>丝丝</u>埋在了那里，坚持守了 7 天，才从那里回来，<u>丝丝</u>的离去让外公挂念了很久。外公还养过很多条狗，最后都离他而去。

外公走前一个月还养着一只小猫，刚送来时小猫有病，外公用酒精、药片一点点把它养好，可小猫刚开始习惯在外公怀里睡觉，外公就突然离开了。外公的灵柩停在灵堂的那天晚上，我回外公家取东西，听到小猫凄凉悲戚的叫声，不知它是否已知道，那个养它、爱它的老人永远不会再回来了……

老人在，常回家看看

1999年底，我结婚了。外公、姨和舅舅们坐了几百公里的火车来祝福我。外公很高兴，大孙女要出嫁了，而且找了一个高大能干，可以照顾我的孙女婿。记忆中，那几天家里的亲戚朋友来得特别多，快70岁的外公整日在厨房做着他拿手的饭菜，不亦乐乎！

结婚以后，我们忙于自己的事业，很少回去看望他老人家，也很少给他打电话。每次妈妈打电话问候他时，他总是第一句就问："红艳怎么样了？生意怎样？可以养活那些工人吗？"在外公眼中，我是他引以为豪的大外孙女，他的子女们都过着平凡的生活，但孙女却可以自己开公司了，他很高兴，说我有出息……

结婚后我一共回去看望过外公四次。第一次是外婆身体不好，我回去时外公忙里忙外地照顾外婆，虽然平时他对外婆没有一句亲切的话，但看得出他很担心外婆。那时的外公身体还很好，体重有160斤，而且很结实，知道孙女回来，还特意去市场买了很多肉，做了一大盆我最爱吃的炸酥肉，看着我吃是他最开心的事。

第二次回去是 2005 年，外公这次病得很重，好多天都没有吃东西了。三姨通知我和妈妈，担心他老人家挺不过去，我们赶紧回去了。外公躺在医院里，第一眼见到他时，我几乎认不出来，原来高大魁梧的外公现在瘦骨嶙峋，看见他痛苦地躺在病床上，泪水想流却憋了回去。

我假装开心地叫外公："外公，红艳来看您了！"外公看见我，高兴地坚持坐了起来。我赶紧把从家里带来的炖好的营养汤喂给他吃，他吃了些，虚弱地跟我说话，问寒问暖，还说要我扶他出去走走，他还要去市场买肉，做我最喜欢的炸酥肉给我吃。外公慢慢好起来了。临走的那天，外公看见我穿着一条有洞的牛仔裤，从内衣口袋里掏出 100 元钱，跟三姨说，给我买条裤子。这就是我的外公，卧病在床都在为别人担心！

第三次回去看外公是 2008 年，跟爸爸妈妈一起。外公身体已慢慢好了起来，可以自己拄着拐杖在街上转悠。知道我们要回去，他早早叫上外婆去逛超市，买了大袋小袋的零食放在家里，他还把我这个两个孩子的妈当成小孩子。他很喜欢讲他年轻时的事，喜欢唠叨家里这个那个又不听话，整天打麻将，喜欢问爸爸单位里那些老人的现状，喜欢听我们讲外面世界的精彩。总之，他就是喜欢有人跟他说话，听他讲话。在回去的日子里，我尽可能多陪伴他，听他重复讲着那些久远的往事。外公很开心，瘦瘦的脸上时常挂满笑容。终于，我们要走了，我大声地对着他耳朵说：

"外公，您不要太操心了，您老了也管不了他们，好好把身体养好，我带您去广东看看我的公司！"

"我不操心了，不知道下次还能不能再见到你了。"

我含着眼泪走出了家门，泪眼中我无法看清外公的样子……这朦胧的一眼，就成了我跟外公的最后一面。

"外公，红艳来看您了！"

2010年12月18日下午5点，我跟妈妈、四姨看见了盖着红布的棺木的一刹那，我没有想象中那样大声痛哭。我跪在那里，盯着棺木旁我最爱的外公的遗像，瘦瘦的脸庞、粗粗的眉毛、有神的双眼、微笑的表情，穿着中山装，依旧看得出他当年的风采。外公的眼睛一直亲切地盯着我，好像有很多话要跟我说……

我嘴里只是不断重复着一句话："外公，红艳来看您了！外公，红艳来看您了！"

以前，只要我这样叫，外公一定会马上起来，知道他的乖孙女又回来看他了。但现在，无论我怎么从小声叫到撕心裂肺的最大声，外公都不会回应我。我爬到棺木旁，朝着外公头的方向大声地喊："外公，红艳来看您了，红艳来看您了……"

我只想叫醒睡着的外公，他一定可以听到，哪怕是另一个世界的外公，一定可以听到红艳来看他了。

棺木一直盖着，还没到时辰，我们还不能见外公最后一面。我的心好痛，看着相片中的外公，似乎听见外公在跟我说话："红艳，生意好吗？铭仔好吗？何轩、何辕呢？虎彪好吗？小絮好吗？杨梅好吗？"

开棺了，我挣脱拉住我的亲人，冲到外公面前。外公安静地躺在那里，更瘦了，一只眼睛微睁着。我再也控制不住自己的情绪，撕心裂肺地喊："红艳来看您了"！有人帮他抚了眼皮，他安详地闭上了眼睛。外公一定是看见我们回来了，可以安心去另一个世界，结束他一辈子的操劳了，所以他才安心地闭上了眼睛。

外公下葬后的第三天，我要走了。我跪在他的遗像前告诉他："外公，我要回去了。"我给外公点上三炷香，磕完头，我将香插在香炉里，但三炷香却倒了。"外公，您是舍不得孙女走，是吗？我清明一定会来看您的。"这次，香插稳了！

最亲爱的外公，您在天上看着我，我想您时，一抬头，就可以看见那颗最亲切的星星，那就是您！

向阳之光
百善孝为先

老人是家庭的根、是财富，儿女是枝叶与花朵，如果有水，一定要向根上浇。

孝敬老人，根壮叶茂，家族昌盛。

永远遗憾的全家福

从我有记忆开始,爷爷就是一个与百货打交道的生意人。

那个年代,爷爷工作的地方叫供销社。那时物资缺乏,我特别自豪的是可以去爷爷工作的地方,站在有糖、有酒、有油盐酱醋的柜台里,那些大大小小的玻璃罐里的米糕、桃酥、蛋糕,我可以如此近距离地看着它们,引来多少小伙伴的羡慕。

后来,爷爷退休了,在乡里开了个小铺子。每次放寒暑假,我最爱的就是去农村见爷爷,因为在村里可以漫山遍野地跑,可以随时叫爷爷给点玻璃罐里的饼糕吃。还可以在钱箱里帮爷爷整理那些一毛两毛的票子、一分五分的硬币,数钱的感觉对于小小的我来说,真是过足了瘾。爷爷时不时还能给我五毛钱,跟小伙伴们去街上吃碗豌豆粉,就是孩子时的我们最大的幸福。

因为常在小商店里,从小就认识有秤砣的杆秤,有不同克重的台秤,懂得用大小不同的竹量皿在大酒缸里给乡亲们打一两二两酒,懂得在塑料袋还是稀罕物的年代,折红纸包各种糕点。如今在商海中摸爬滚打,应感谢爷爷经营小铺时耳濡目染对我的影响。

　　印象中,爷爷最爱穿一件洗得发白的蓝色中山装,微胖的身材,总是红光满面、神采奕奕。爷爷最大的特点就是声音洪亮,教训起人来非常有威严,没有一个人敢说话。爸爸和叔叔们从小就在爷爷的严格家教中成长,个个遗传了爷爷严厉的脾性。特别是爷爷最疼爱的大儿子,也就是我爸爸,简直像极了爷爷。

　　爷爷的严厉,不仅是对爸爸叔叔姑姑们,我们这一代十几个孙子孙女都害怕他。由于叔叔们工作忙,孙子辈小时候几乎都是被爷爷背在背上,吃着小铺子里的糖果长大的。爷爷的门后永远挂着一根用来赶蚊虫、竹枝做的、贵州话叫"蚊刷把"的棍子,只要哪个小屁孩跳来跳去不听话,他就会瞪大眼,用高昂的嗓音说:把"蚊刷把"拿来!听到这句话,所有的小屁孩立马安安静静,因为他们都被蚊刷把打过屁股。

　　爸爸参加工作早,且在外面工作,所以只有我和弟弟没有跟爷爷长期生活过。我是最大的孙女,在爷爷眼中一直乖巧听话,所以爷爷对我总是最呵护。当然,我的屁股从来没有被爷爷扫过蚊刷把。

　　爷爷身体非常硬朗,声音洪亮,70岁的人常健步如飞地上山下山。开着小店,还经常进城为他的小商店进货。其实叔叔们都特别有出息,盖起了方圆百里最好的洋楼,家里也不缺爷爷每月那一两百元的收入,可爷爷还是执意开着他那30平方米大小的小商店。

　　家乡的路也修得越来越好,去城里买东西已是很平常的事情。所以,爷爷的小商店卖的东西也只能是些油盐酱醋及哄小孩子的糖果。爷爷年纪大了,很健忘,乡亲们给了钱买东西,把钱丢进钱箱里,转身他就会忘记。

但爷爷年岁已高,又德高望重,所以没人会跟他较劲儿。叔叔们也常在事后和乡亲们道歉。

大概在七八年前,爷爷最疼爱的小叔说服了爷爷,爷爷终于关闭了他开了几十年的小店。爷爷把自己多年积攒的几万元钱分给了四个儿子,开始了他安闲的晚年生活。

爷爷每天早晨都去爬山,上山下山的速度比我们都快。每年正月十五是爷爷的寿辰,四世同堂,儿女、孙子、重孙全都在他身边吵来闹去、跑来跑去。爷爷总是笑眯眯地坐着看着儿孙们,依旧常听到那中气十足的嗓音,叫重孙们别爬高跳低。儿孙们都常年在外,几层的小洋楼常常只有爷爷奶奶两个人孤独地守望着。这样的热闹是他们最期盼的!

2015年初,84岁的爷爷突然病重,住进了医院。爷爷心情抑郁,觉得自己过不了这个坎了,所以见到任何来看他的亲友,总是流泪。我也因爷爷病重回去看他老人家,已卧床多日的爷爷由于没活动,手脚都开始僵硬,我能做的就是帮爷爷从上到下地揉捏,推他出去晒太阳,虚弱的爷爷流着泪渴望活下来的眼神我永远都记得。这次病重,爷爷还是顺利熬过来了,但身体状况已大不如前。

这次突如其来的病提醒了我们,虽然爷爷身体一直硬朗,但毕竟年岁已高,我们这个大家庭老老小小全部算起来共有59人,从来没有齐聚在一起过。所以,我们决定在2016年正月十五,爷爷85岁大寿时全部回家拍一张大家族的全家福。我们所有人都盼望着这一天,爷爷也是。

离过年还有一个月时间了,爷爷时常神志不清,但依旧能顿顿吃上一大碗饭、爱喝牛奶、爱喝水,也常在赶场天要求推他到家门口看看来来往往去赶场的乡亲们,看着路过家门口的卖橘子的小贩,还会自己买橘子吃。爷爷最想见的人是爸爸和小叔,爸爸常说:"正月十五,全家人回来,我们照张全家福!"

爷爷总是似懂非懂地点头。

那天是1月19日中午,还有18天过年。爸爸为了不影响我们工作,在爷爷已经昏迷了两天的情况下才告知我和弟弟,爷爷病危。我想立即回家,可是迟疑了一下,因为1月20日公司要召开年度大会,我说:"我明晚开完会后就连夜赶回。"

爸爸说:"不急!"

20日凌晨3点半,爷爷永远离开了我们!

所有人都到齐了,只有在远方的我们。我感到爷爷在弥留之际,肯定是等了我们很久很久。爷爷上次病重看着我的眼神一直在我脑海中浮现。

我一瞬间的迟疑,成了我这辈子的遗憾!

当我们奔波10小时赶回去时,爷爷已躺在冰冷的棺木中,再也听不见我撕心裂肺对他的呼唤了!

送爷爷上山前还有几个日夜,不孝的孙女我能做的只有再陪陪爷爷,日夜守候……

炉火青青寒风瑟瑟守先灵,
千里迢迢雨雪飘飘尽终孝。

乘鹤仙游终有老,
泪干心泣香火绕。

爷爷，59人的全家福，已经没有一个人再提这个话题，因为我们没有了你。

爷爷，一路走好！

忆外婆

　　当所有温暖的记忆变成一张相片挂在冰冷的墙上，香火的缭绕让眼泪一直流。黑白相片意味着从此再也不能叫您一声"外婆"，听不见您那句"红艳，你来了"，再也看不见您迈着蹒跚的脚步为我开门，再也不能给您买爱吃的甜糯食，再也不能在吃饭时为您夹菜，再也不能问您哪里不舒服了。每次，儿孙们为您做微不足道的一点儿小事，您总说"你们这么忙，麻烦你们了"。每次不管您身体多不舒服，"好点儿了"都时常挂在您的嘴边，因为您不愿给儿孙们添麻烦。

　　那天，送您入院，医生说您已病得很重，78岁高龄的您不知承受了多大的痛苦。我一直内疚，或许我该早些去看您，早些送您入院，您就不会……

　　入院后，在治疗下您很快就好多了，每天可以吃一大碗饭，会主动说想吃杧果、发糕、酸豆角。您康复了，我们都很高兴，说好了过几日出院后，春节就和您回老家。您还担心自己的身体状况，说"火车站那段路很难走"，四姨就宽慰您说能背您进站。5月12日，母亲节那天，我没有给您买礼物，在医院里，我同妈妈跟笑容满面的您一起拍了张相片。我在微信上说：孩

第五章　向阳而藏——那些曾经温暖的阳光 | 163

子能叫一声妈妈有人应，妈妈能叫一声孩子有人答，就是孩子和妈妈最大的幸福！谁曾想到，这是我们最后一次与您拍照，也是我们与您过的最后一个母亲节。

您在离开我们的前几天，经历过一次抢救。当时监控机上的数字发出警报，您昏迷的片刻，我不知所措地大声呼喊："外婆，红艳在这里，不要怕，不要怕！"我知道，您生病时孙女红艳在，您就不会害怕，因为红艳会找最好的医生给您治疗，这也是您愿意留在湛江的原因之一。抢救后，您慢慢苏醒过来，睁开眼睛看着我在您面前，如每次见到我来看您时一样说了句："红艳，你来了。"您以为自己只是睡了一觉。

5月16日早7点12分，呼吸机上的数字突然骤降，妈妈通知我赶到时，不管我在您耳边多么大声、多么歇斯底里地呼喊："外婆，红艳在这里，红艳在这里，不怕不怕！"您都没有再如上一次一样醒来看看我。

儿孙们不能再为您做什么，我只知道，我一定要送您回家，家乡才是您的根，哪怕相距1600公里，那里有外公、有儿女、有您熟悉和想念的一切。这也许是我们能为您做的最后一件事。我流着泪在您耳边轻轻地说："外婆，我们送您回家！"

20小时，白天黑夜，很热又很冷。您到家的那一刻，儿女出来迎接您，我的双眼早已模糊，哭了又笑了，哭您的永远离开，笑您终于回到家了。

外婆，我们和妈妈回湛江了。家乡的空气没有广东那么闷热，您一定会感觉舒服些。外公就在您身边，您二老好好照顾彼此。青山绿树陪伴着您，您再也不用受病痛的折磨了。

外婆，我会时常回来看您！

奶奶的家训

奶奶走了。

2019年5月10日晚8点离开了我们。从此外公外婆、爷爷奶奶,这世上最慈祥、温暖的称呼都离开了我,他们的慈爱永远留在了我的记忆里。

记得过年时回去看奶奶,在正月前她不小心摔倒了,尾骨骨折,因为年迈,家里人不愿意再让她受手术之苦,所以只能在家静养。奶奶近几年身体一直欠佳,每天要吃很多药,再加上这次骨折,轻轻地翻身都会让奶奶痛得难以忍受。奶奶一直是个坚强的人,以前病痛时再怎么疼,她都怕麻烦到别人而自己忍着,自己找药吃。但这次,在疼痛来临时,奶奶会歇斯底里地叫疼,我们这些儿孙只能疼在心里,却无奈又无法为她分担。

正月里天气寒冷,奶奶躺在床上,我坐在她身边,为奶奶搓热冰冷的手。当疼痛开始时,奶奶会很用力地抓紧我,奶奶抓紧我手的力度,让我感受到奶奶痛苦的程度。如果这样可以帮奶奶分担痛苦,我希望一直紧握住奶奶的手。

假期回来后,听叔叔们说奶奶慢慢好些了,没有那么疼了,腿脚也恢复了些，可以挂着拐杖挪步了，可以自己上厕所了。为了让奶奶在家不无聊，叔叔们把奶奶送到了大路边的二叔家，这样奶奶就可以在门前跟村里的乡亲们晒晒太阳、聊聊天，回忆些开心的往事，聊聊东家长西家短的故事了，奶奶的心情开朗了许多。

5月10日中午，奶奶自己挂着拐杖去隔壁小卖部买了两包盐，中午吃了一大碗面条，下午还洗了个澡。

在下午5点钟左右，她觉得头疼，便自己挂着拐杖到隔壁祖公家叫人去田地里找二叔回家，她告诉二叔自己头很疼，还让二叔叫乡里医生来给她打止痛针，奶奶很清醒。

打完针后，本以为奶奶会像以前一样安静下来，但这次奶奶却安静地睡着了。

二叔一直叫奶奶，奶奶都不醒，就像平时睡着了一样，只是呼吸声比平时大一些。二叔慌了，赶紧打电话叫离家几十公里的叔叔姑姑们回家，儿女孙辈们逐渐到齐。直到幺叔踏入家门后，大声叫着"妈妈"，在所有人的哭声中，奶奶的呼吸声逐渐平息，直到最后消失。

奶奶真的离开了我们，她再也不疼了，却再也不会握紧我们的手。

奶奶是改嫁给爷爷的，这还要从奶奶的出身说起。

奶奶出身于地主人家，是真正的大家闺秀。从小知书达理，在衣食无忧的大家族中长大。奶奶有姊妹三个，两个哥哥是双胞胎，从小就在私塾读书认字，是那个年代少有的读书人，后来都做了工程师。奶奶是女孩子，虽然没有读书认字，但耳濡目染地学习了大家族里女人的持家之道，以及女子"三从四德"的教育。

奶奶最初嫁给了一个门当户对的大户人家，刚嫁过去两个月，就开始了对地主的批斗。奶奶的前夫受不了压力独自逃跑了，一走就再也没有回来，奶奶也被赶出了原来居住的房子。奶奶没有孩子，为了活下来，她选择了改嫁。

我的亲奶奶在爸爸10岁时生病去世，爷爷经别人介绍娶了奶奶。

奶奶从小懂得"三从四德"，从父从夫从子，所以从不抱怨和委屈。爷爷有一份供销社的工作，所以几乎不过问家事，更没种过地。别人家都是男耕女织，但在我们家，奶奶不仅是女人，还是个"男人"，忙完地里活儿回来，还要照顾孩子。由于自己是后妈，所以能吃饱肚子的东西都会先让给孩子们吃，就怕别人觉得自己哪里做得不好。

奶奶的手因为长期做农活，裂开的口子结成茧壳，幺叔说就像洗衣服用的搓衣板。后来奶奶又生了五个孩子，全家八个孩子及一个老人，全靠奶奶一个人的双手种出粮食来生活。

后来孩子们逐渐长大了，家里的日子一天比一天好。在奶奶的教导下，八个孩子，个个都有了自己开创出来的一片天地。奶奶一直要求孩子们独立自强、不给别人添麻烦，所有孩子在奶奶这里学到的是做人做事要谦卑勤奋。

一个好女人旺三代的道理，在奶奶身上得到体现。

奶奶还有很多好习惯，比如，她是个极其爱干净的人。这与奶奶出身于大户人家很有关系，就算是奶奶病重的这段时间，都保持着家里每个角落干干净净。在奶奶离开这个世界前，也给自己洗了个澡，干净地去了另一个世界。

奶奶受的是传统教育，在家里女人必须孝顺父母、辅助丈夫、教育孩子、礼貌规矩、言辞妥当、端庄得体。而孙辈们接受了奶奶的言传身教，让我们这个大家族一代更比一代好，代代和谐幸福。

奶奶走了，来给她送行的人，总在一遍一遍地叙说着奶奶的好。

为奶奶守夜，儿孙们陪伴在奶奶身边，回忆着奶奶的好。妹妹红霞拉着幺叔的手说："幺叔，你好可怜呀，没有爸爸，从此也没有妈妈了……"

我分明看见，奶奶最疼的、平时幽默风趣的幺叔，此刻眼里的血丝和悲伤的面容。

奶奶，您安息吧！您的孩子们会永远谨记并传承您的家训：谦卑恭谨，勤奋自强。

向阳之光

有家训，有传承

奶奶的家训：谦卑恭谨，勤奋自强。她要求，在家里，女人必须孝顺父母、辅助丈夫、教育孩子，礼貌规矩、言辞妥当、端庄得体。

在生命这场旅途中,
时而放下一切,回到『原点』,
『心有空』才会去感受
旅途之美好。

第六章 向阳之旅——远方的太阳冉冉升起

心有空，心有美

当你能感受到一草一木的呼吸，与世界呼吸相通时，你就感知到了世界。

我的闺密琴常常出现在我的丽江之行中。每次她看书，我写字，互不打扰。《女人向上》出版后，她一边看书一边说："为什么你看见的，我都看见了，但怎么就感受不出这么美好呢？"

我哈哈大笑，说："是你的心太满了。"

"心有空"才会有意愿去装下身边的美好，才会去感受身边的美好。

我几乎每个月都会因为工作原因远行到各个城市去参加会议，每次下飞机后直接坐车到酒店，一两天的行程结束后就直奔机场，回到出发点。不管这个城市有多么优美的风景与著名的古迹，我都没有去走走逛逛的心，因为心没有为自己做好准备——心没空。

带着日常的工作思维去任何一个美好的地方，想到的皆是提升工作效能的工具、提高专业能力的方法，眼里看见的都是与别人的差距，心里想的都是回去之后如何改善和落地。一颗塞满了日常事务的心，就算去了远方，也没有念诗的冲动，更别说作诗的心情。

旅行的意义是什么？对我而言，决定去旅行，就是决定让自己的"心"彻底放个假。

在休假的日子里，心里没有工作。身在远方（这个远方不一定是距离的远，而是远离工作的远），用一颗轻松的心去感受周围的一切，看见美好、发现美好，滋养一颗柔软、纯粹的心。

对于认真对待每个角色的人，我们需要给"心"放假，这何尝不是一种角色投入？！认真的人，"心"一直都处于紧张状态。"心"也需要休息，要为它充电。在松紧自如之中，"心"才不会失去弹性与韧性，才能在任何角色中都充满活力。

旅行，卸下负担，把心放空，我们的身体就会与"心"在一起，感受全然一新的环境，将"六观"打开，看见的是美好，感知到的也是美好，说的话、写的字、见到的人都是美好，这样赏心悦目的感受就是我们的旅行。

心有美，才会愿意去发现美，"六观"才会感知到身边的美。

心里若是美好，会时常发现美好、看见美好、创造美好。

美好的人眼睛都清澈明亮。如何才能让"心"美好呢？没有人会否定自己的心是美好的，所谓的美好该如何定义呢？时常微笑，内心坦诚；语气温和，内心温暖；知书达礼，内心谦卑。

这些都是"心"美好的体现，你会时常微笑吗？时常温暖吗？时常平静吗？时常感恩吗？时常言语中都是欣赏吗？当发现这些并不常见时，说明心还需要修炼。如何修炼呢？

  一种是无所畏惧、大胆前行，不断在成功和失败中总结、调整自己，在感悟中修行，这是内驱体验的改变；一种是通过大自然的积极能量去影响我们的内在，常常去赏心悦目地方，看看郁郁葱葱的生命力旺盛的植物、一望无际的大海……用感知到的美好来影响内心，大自然积极向上的生命力会影响同样属于大自然的我们，这是外观影响改变。

  旅行，通过外观影响我们的内心，这是旅行的意义。

  当你能感受到一草一木的呼吸，与世界呼吸相通时，就感知到了世界。

  当心安静，感受世界的"六观"就打开了，你能看到、听到、嗅到、尝到、摸到、感知到生命细胞的生长。此时的你正与大自然同呼吸，跟随着大自然的脉搏跳动，与大自然一起顺势而生。

向阳之光

心安静，"六观"开

  当心安静，感受世界的"六观"就打开了，你能看到、听到、嗅到、尝到、摸到、感知到生命细胞的生长。此时的你正与大自然同呼吸，跟随着大自然的脉搏跳动，与大自然一起顺势而生。

享受孤独，重新出发

具备好好爱自己的能力，也许就是女人一生中最好的状态。

每年一次的丽江行，在 2018 年来得有点儿迟，11 月 14 日出发，时间与每年一样，5 天。

近期的工作忙得不可开交，实在不好意思开口说想独自一人去流浪，留先生一人在家面对纷繁复杂的工作。但他理解我，也懂我，或者是尊重我，当我忐忑地提出想休息几天时，他虽不情愿，但还是爽快地答应了。其实，先生与我相濡以沫，前几年他或许不明白我为何总喜欢一个人逃离，而且还是丽江——人人传说会有艳遇的地方。他能够答应，我想应是三方面的原因吧：一是，出来休假的我目的只有一个，找个安静的环境写点儿东西，多年后，这偷闲出来的时光的确变成了 20 万字；二是，每年他也会找时间带我出去转转，我们一起自驾去过西藏、远行到欧洲……在外出的时间里，只要有安静下来的时间，他都会看见我写字，这是我的习惯；三是，我在丽江认识的一群朋友，他都见过，让他放心。

以上种种原因，都不如一点最重要：我要做的事，他知道无法阻挡。

作为一个女人，有人爱、有人疼，还具备好好爱自己的能力，也许就是一生中最好的状态。

很多年来，虽说去丽江都是孤身一人，但其实，很多时候都是一群人一起出发。只是到目的地时大家各自按照自己喜好的方式去了解这座城，而我只会找个有充足阳光的地方享受安静的空间。一天的时间里，有阳光时的我孤独一人，而在月光初上时，多半都是开心的一群人。

而这次，真的是一个人的旅程。

写字，是自己与自己的对话，写很多字，就如同和自己说很多话。于是，在这里，在这几天，与人沟通会变得非常迟钝。

一年360天都默默无闻地把自己藏在心底，相对外在的自己来说，她一直愿意静静守候与谦让。她只希望，每天能给她留2小时，每年能给她留5天，在这5天里，把整个身躯都交给她就足够了。

这5天，就是11月14日至18日。

前世今生

一下飞机，大暖男和军接我回了家，小薇和孩子在家等我。在六年前，与女儿一起毕业旅行时来到丽江认识了小薇，我们一见如故。小薇的善良与真诚让我们在这六年中保持着联系，每年来丽江，不管住在哪儿，我都会去看看她。我不善于交朋友，小薇成了我在丽江唯一的朋友。相通的人其实真的不需要太多时间相识，第一眼或许就已心相连，或许在前生已彼此相知。

小薇有了儿子，一个漂亮、可爱的孩子，她说这是神赐给她的孩子，取名"以诺"。

最近一直在读《前世今生》这本书。关于读书，如果读者在书中与作者有很多共鸣，说明读者与作者的人生观、价值观甚至审美观都相通。但是，别人喜欢的书，并不代表你会喜欢，甚至无法看懂，就更无法领会其中的意义。《前世今生》一书中认为，存在都会有因果，今生所经历的一切如追溯起源，应是前世种下的果。小薇、和军、孩子在前世存在着某些联系，所以结婚多年的和军与小薇一直没有孩子，或许就是在等待这个孩子的降生，孩子也在前世与他们相约，在芸芸众生中历经千辛，在此生来到他们身旁。以诺的出现，实现了他们前世的诺言。与你相知相惜相拥的人，今生与你相见，都是来互相成就彼此的，不是吗？

享受孤独

离开幸福的一家人，我回到了古城。没有忘记，我是来享受孤独的。我背着大帆布包，穿着至少有十年历史的短靴爬上了狮子山顶，这是我近年来丽江必须落脚的地方。我喜欢站在高高的地方，无一丝杂质地和蔚蓝的天空相拥，眼下是多年如故的青檐屋顶，与天最近、心灵干净、耳根清净，身边的一切都清澈得纯粹，可以从头到脚洗涤我身体里的每一个细胞。

终于找到了一处满意的住地——"阅古楼"客栈。门前是一个全是阳光的小院子，一个人光着脚丫坐在院子里的摇椅上，摇摇晃晃看着层层叠叠高高低低的屋顶，仰着脸亲吻暖暖的阳光，手里的一本书已成摆设，此刻只愿时光再慢点儿，慢点儿……

客栈还有一个很大的公共露台，长满了小小的红色、黄色的雏菊，角落里还有很多长势旺盛的肉肉植物，有蓝色蜡染的桌布。我喜欢把桌上的小陶罐放在旁边的朽木栏上，背景是蓝天白云、瓦顶青檐，近处是野花，画面美好。

在客栈旁边，是以往每天清晨写东西常去的"花间堂"。本想进去转转，见见那个每天煮早餐给我，陪伴我写了好多字的阿姨，可是后院门上的一把大锁挡住了去路。

如今我落脚的"阅古楼"，门大大地敞开着，第一个平台是任何人都可以坐在上面歇息的，如果感兴趣下几步台阶，就可以来到客栈的工作接待处。老板娘热情地跟所有迎面下来的客人打着招呼，不厌其烦地带客户去看各个房型，没有当场订也没关系，走时还会说一句，"喜欢再回来"，有缘人必会相聚。我就是这样被老板娘吸引的，阳光、热情，让我走遍山顶的各个客栈后选择回头住在这里。

对于我这种客户来说，或许一住就是每年来时都会住在这里。

在昆明转机时，一宿没法安心入睡，再加上兴奋的心情，一切安顿下来后，躺在柔软的床上，居然睡着了。

一个人逛街

五点半，继续背着大包，一个人出去走走。

我选择了平时自己甚少走的大道——酒吧街。华灯初上时，这条大道边站满了热情拉客的小哥哥小姐姐。因为从来不会进去，也不想让他们在我身上浪费精力，所以我每次都绕开这条街。而6点钟，这条街的繁华还没开始，就像一个还没睡醒的姑娘，小河边杨柳依依、花团锦簇，飘扬在上方的空气似乎始终没有小街小巷的清新。

绿色的长风衣、一双矮筒靴、一个大大的帆布包，阳光把我的影子拉得很长很长，孤独且清高，跟街上三三两两结伴的人群不同，我喜欢这样的自己。一直走，走出了古城，在新城的大街上吃了一碗米线，在天空从蔚蓝变成藏蓝时静静地一个人走回了古城。这些跟着感觉走的路，潜意识中都是在寻找着曾经的记忆。

在古城一条不知名的街上，跟着一群老老少少向一个小帅哥学习打手鼓。半个小时后，手掌微微有些痛，却换来了基本认识高低音的打法，并可以十几个人一起整齐地打出简单的节奏。歌曲结束后，大家都高兴地给彼此鼓掌，一支临时街边乐队诞生了，大家都很开心。

一个人，在一个陌生的地方，愉悦地享受着与一群人友好和谐地相处。

为什么总喜欢孤独一人？因为喜欢把自己多年在现实世故中穿上的一层层沉重的壳在一人的世界里蜕掉，还原本来那个小小的、柔柔的、轻轻的我，没有激进、没有欲望，那么干净、那么纯粹，多好！

我走进了古城中最熟悉的五一街，想去大冰的小屋坐坐，与一帮有情怀的人坐在石阶上听一个人喃喃自语地唱歌或无欲无求地讲故事。可惜人满了，没有位子。于是我选择继续前行，走到哪里是哪里，就如随波飘荡的一枚树叶，飘到哪里就是哪里，不要等，不要渴望。

买了三对耳环，从不戴首饰的我喜欢简单，附加在身上的饰物会觉得是累赘。但我居然买了三对，完全是因为买二送一的套路，而且进店的人均基本消费都变成了至少 30 元。关于做生意，我们无时无刻不是顾客，我们也自认为是见过世面的也是最理智的生意人，但我们也会在一个套路面前失去理智，变得有欲望和冲动，生活中每时每刻都存在着互相学习的机会。

丽江城每年都会新生出一些生意。刚兴起时，会如雨后春笋，处处都是，一段时间后，又会销声匿迹，如早年的印花长裙、碟店、鲜花饼店、素衣店、手鼓店……今年的丽江城，多了许多水果店，就是各种削好皮的水果随意挑选，然后称重，帮你切成一小块一小块，让人马上可以吃到多种不同的水果，价钱也合理。在丽江这么干燥的气候里，击中了游客的痛点，每一家生意都不错。

吃完甜的，又想吃咸的和辣的，十元钱买了一盒现烤的包浆豆腐，小哥哥煎得非常好吃。我很满足地吃着它穿过大街小巷，回到了房间。客栈很安静，房间也很温暖，被子很暖和，热水很热，洗了一个痛快的热水澡，躺在床上看着屋顶那个可以看见星星的天窗，心如苍穹一样，静静地没人打扰，很快睡去了。

书写心情

清晨醒来，赖在床上享受着这份宁静。直到 8 点时刺眼的阳光穿过厚厚的窗帘跃上木质大床。拉开窗帘，对着阳光与远方山脉使劲儿地伸了个懒腰，露台的木栏上正好经过的一只猫咪停下来懒懒地看了看我，然后面无表情继续向前，完全没当我这个衣冠不整的女人存在过。于是我迫不及待地趿拉着拖鞋冲出露台，想与这只比我还傲气的猫合影留念，但它噌地一下就溜走了，留我一人在这一片灰顶楼檐之上，看着远远的山脉。几种层次的颜色像水墨画一样，在这天地间站得笔直，非常有仪式感地吸收着阳光带给我的能量。

给镜中自信、幸福的自己一个微笑，去露台上，在蓝天、阳光、鸟叫的陪伴中，书写我的心情，跟自己对话，一句一句、一字一字，全是幸福的味道。

一杯热茶、一束阳光，本想在这几日整理前段时间写下的凌乱的文字，但却是重新开始写，记下我如今的心情，抓住它，不让它从指缝中溜走。

写得累了，去老板那讨杯热茶，听茶桌旁的天南地北的客人聊聊天，听听他们的故事，附和着给些点头赞同与欣赏的微笑，然后擦肩而过。一眼千年，也是缘。

下午去了阳光最好的"猫的天空"——在丽江每次必去的地方。木窗棂下的阳光正好，干净明亮，大家守着一杯咖啡、一杯茶，安静地看书，恍惚间，你会以为是在哪座图书馆里。这里同大多数丽江咖啡厅古朴陈旧的风格截然不同，是丽江古城的异类，但在放松的大环境下有这样一个清爽明亮的小阁楼，很利于我高效的文字产出。

就这样，保持同一个姿势，守着阳光在窗棂上一寸寸变换着位置。突然，美丽的小薇穿着红色的毛毛外套，随着一句"亲爱的"，蹦蹦跳跳地出现在我的面前。没有孩子在身边的她，一如那个我认识的邻家女孩。小薇说："就知道你在这，每一次都是一个地方、一个位置、一个姿势。"我说："你也不提前打声招呼，万一我对面坐了个大帅哥咋办？"两个快乐的人，笑声穿透了身边的看书人，赶紧收好大包，溜……

我们一起回家吃饭。

贴心的和军在厨房忙里忙外，小薇看护着孩子，我脱了鞋坐在窗台上，窗户正对着玉龙雪山的白色尖顶，有一团白雾在雪山周围环绕着，很美。

孤独是一种享受，它意味着你的思想又回到了"无"的状态，如同一张白纸，书写着全新的印记。

五天很快结束了，收拾行囊，回到滚滚红尘中继续磨炼自己。待来年，再回归心灵圣地，脱下重重的被打磨得无比坚硬的壳，躺在阳光下，肆无忌惮地享受一个人的时光。

向阳之光

享受独处

孤独是一种享受，它意味着你的思想又回到了"无"的状态，如同一张白纸，书写着全新的印记。

自然古朴之美

旅行不仅是放松身心，更是将眼睛所看到的一切沉淀下来，给未来留下记忆。

给自己找了个理由——国庆节总要出去走走，给孩子一个交代，于是想起了300多公里远的黄姚古镇。

满怀期待，收拾行李时特意带了一条大红的长裙。

一个人的旅行，从没有想过装扮得如此婀娜多姿。原因是，休假最好的状态是完全与自然环境一致，把现实中刚强的样子碾碎了融进这座城，才是最好的休息。而若意念上仍然希望自己浮现在这座城市中，行为、举止、着装必定还要保持最佳状态，没有真正地身心放松，也就失去了休假的意义。选择一条大红裙的耀眼，身边定是有个可以牵着手走路的依赖。

"我负责貌美如花，你负责赚钱养家。"也许这就是做幸福小女人的心情。

古镇相比丽江，更原始古朴些。用积极的话说，就是还没有那么商业化；用消极的话说，就是古镇管理还没系统化。与老老小小同游这么文艺的地方，是没有时间一点点去感悟这一花一屋的，匆匆而过的很多小院，瞥过木栏的小窗或斑驳的木门，都能感受到主人打理时的用心。只是由于气候的原因，没有如丽江小城里家家户户小院里四季盛开的绚烂花朵，生活少了色彩，就少了些心生涟漪的兴奋。

若是独自一个人慢慢前行，眼睛会搜寻到每一处美好，它们或许是石屋间狭窄的长廊中探出头来的一枝玫瑰红色的三角梅，或许是透过树木间隙直射到青石板上的一束阳光，又或许是店家门口蹒跚学步、左摇右摆、光着屁股、乐呵呵的娃娃……每一处美好都将滤净内心，凝结出一粒粒晶莹剔透的字，并排成赏心悦目如行云流水的句，落成可以带你身临其境的话来慢慢讲给你听。旅行不仅是放松身心，更是将眼睛所看到的一切沉淀下来，给未来老得哪儿也去不了时留下记忆。

广西地质多山，所以古镇那用鞋底打磨出来的百年玉滑青石路，都比其他古镇的尺寸大，不规则的形状镶嵌着平铺在地上，坚硬牢固。由于石头大、接缝少，就显得特别滑溜，若是下雨天，需小心翼翼走路，否则婀娜多姿地穿着大长裙踉踉跄跄摔一个"大狗趴"才尴尬。常常在街区拐角处不经意间就会看见一座巨无霸般的苍山挡在你视野的正前方，对于常年生活在广东平原地区的孩子来说，这的确是件值得在聊天时拎出来讲几句的稀罕事物。对于我这种从小生活在山下的姑娘，仰着头看见这近距离立在面前的大山，只会感受到伟岸的身躯为渺小的自己遮挡风雨，特别有安全感。

夜晚，苍翠的大山会与墨蓝的天空同色，山融入了天，大山裸露出的灰色岩石，在浓墨的山色与天体中，犹如在天上飘浮的灰云。有人问：为什么不在这些山上装些灯光？那一定会是璀璨的风景。其实，地面上的繁花似锦，处处灯火通明已经让眼睛疲惫，若再让抬头的天空没了寂静，就如一直生活在高分贝的环境里，五官被侵蚀，定会疲惫不堪。

或许这也是为什么在繁华大都市的人越来越喜欢去郊外过上几天耳根清净的日子的原因。给自己多留点儿空白，才能让感官不失去感受生活冷暖的机能。

黄姚镇街上卖的东西与其他古镇不太相同，没有铺天盖地的义乌古镇纪念品，出售白灰棉麻禅修服饰的店家也很鲜见。这里最多的是黄姚古镇自己的特产豆豉，还有腌制的各种混着豆豉的辣椒制品，街上每隔几十米就会出现几十个大陶罐子一字排开，里面放着各家出产的不同味道的腌菜。每次经过，视觉会直接影响嗅觉，并立即传递到味觉，立刻感到辣得爽口、酸得浸心，口水使劲儿往外冒。

没忍住，买了一小瓶萝卜干，15元。

非常喜欢街上随处可见的小葫芦，它们一个个连着干枯了的藤蔓，随意被挂在店家的某个小钉上，落满尘埃，应是少人问津。我牵起一小串，已经想象出它在我家书架上落户的模样。我从小对葫芦倾心，也许是在那个动画片稀少的年代，《葫芦娃》给我留下了深刻印象。一直都觉得葫芦是个有灵气的物件，脑中总幻想小葫芦里天灵灵、地灵灵地住着个小神仙，他总会在我需要时一溜烟儿地出现，来满足我的愿望。从此喜欢买各式各样的小葫芦回去收藏、摆设，却不知某日一个略懂风水的朋友看见我这些小葫芦，问我是经哪位大师指点，懂得在这些关位摆放葫芦。其实，我哪里懂这些，只不过喜欢又恰巧带它回家，放在了自己觉得合适的位置上，又碰巧让看见它的人感觉到舒服而已。

什么叫风水？也许能让自己及别人都觉得好的地方就是吧。让大家舒服的地方就如让大家舒服的人，得道多助，多助必定多路吧！

　　古镇的古朴是因为这里还住着很多的原住民。在我们穿过偏僻小巷，经过一扇低矮的小石门时，随着几级没有规则的青石块堆砌出来的石阶下行，看见几棵古老苍翠的大树，树下有一片用石块平铺出来的水洼地，源源不断汨汨冒出的清清井水，被石阶分成田字形。几位老妈妈在石阶上有说有笑地搓洗着手中的衣衫，时而把衣衫放在井水中冲去泡沫，时而平铺在玉滑的石阶上搓洗。这乡间和谐的景色对于都市里的游客们来说，或许只是在影视剧中见过，而如今就这么真实地呈现在眼前，吸引了很多人群驻足。老妈妈们习惯了这些少见多怪的游客们的围观和"长枪短炮"，依旧旁若无人地用她们的家乡话聊着家常，眼睛一直没有离开过手中的衣服，动作依然麻利。

　　丽江的四方街，会在每天固定的时候邀请当地的老妈妈们穿着当地的少数民族服装，在广场上拉着手转圈跳舞，也会引来众多游客围观，或者与老妈妈们一起拉手跳舞，和谐而快乐。但这里水井边的老妈妈们的日常生活还是那么随意，那么淳朴、真实。

　　在水井边大树下有一张桌子，架着一口锅，勤劳的妇人背着还未睡醒的两岁孩子忙碌地煮着猪杂粉。猪杂很新鲜，粉很有韧性，妇人微笑着娴熟地煮着每一碗粉，还时不时与路口经过的客人打招呼，自信地宣传自己的粉如何好吃。我们坐在大树下，守着这口井，在凹凸不平的石板路上支撑起来的木桌有些摇晃，猪杂粉正如妇人所说的那样新鲜且清甜，先生吃一碗不够，吃了第二碗。

　　黄姚古镇，是不是很美？要相信，美好的人始终会与美好相遇！

向阳之光
旅途体验

古镇那用鞋底打磨出来的百年玉滑青石路，都比其他古镇的尺寸大，不规则的形状镶嵌着平铺在地上，坚硬牢固。

……

在水井边大树下有一张桌子，架着一口锅，勤劳的妇人背着还未睡醒的两岁孩子忙碌地煮着猪杂粉。猪杂很新鲜，粉很有韧性，妇人微笑着娴熟地煮着每一碗粉，还时不时与路口经过的客人打招呼，自信地宣传自己的粉如何好吃。

……

自然、原生态就是最美的。

森林覆盖的小城

在大自然面前，才知道自己的渺小。

我说："只要进入云南，我就可以发芽了。"
打开所有感悟美好的细胞，发芽，然后开始疯狂生长。

很小的时候，就知道西双版纳是个美丽的地方。眼前会浮现那些婀娜多姿的傣族姑娘头顶着罐子，小伙子们个个能歌善舞，小小的木阁楼村庄，处处都是绿树成荫、鲜花满地。每年 4 月的泼水节，大街小巷的人都互相泼洒着幸福之水，湿漉漉的小城成了一个没有年龄界限的欢快大乐园。

中午本有两个小时可以在差不多 400 平方米的豪华大房间里休息，但依旧想念喝一杯咖啡的安静时光，于是决定留在酒店的咖啡厅。酒店真心不错，淳厚质感里镶嵌着民族特色，选择在一扇打开的厚重红木门旁的沙发里坐下，面对一湾湖水。安静的湖面就像一面镜子，湖上的金塔与它同样清晰的倒影连成了一座更高大的塔。耳边响起禅宗的点滴音符，远处的山峦隐隐约约，此时闭目，缓慢地吸气、吐气，感觉自己的心及每一个血液流动的地方都流向了体外,再经过滤净而回到了五脏六腑。于是脑中不断涌出很多跳动的词汇,手指飞快地在键盘上不断敲击,把这些汩汩而出的文字赶紧落在实处,就担心霎时间脑子停电速度没跟上。记录下的这丝丝缕缕的瞬间,不管再经历多少岁月的洗礼,都会让你回忆起这一刻的心情。

冷落了桌上的咖啡,已经凉了。对于咖啡来说,它最重要的价值不是好不好喝,而是一种陪伴。

西双版纳有美丽的傣家姑娘。纤纤细腰上裹着一块布,这是傣家的传统服饰长裙。她们迈着小小碎步走路,眉目也是弯弯的甜,头发高高地绾个结,温柔如水、婀娜多姿。我们的导游小葛是傣家姑娘,虽说已是孩子的妈妈,但依旧身材纤细,说话轻柔。一说话眼睛就弯成了月牙,长长的直发低低在脑后束个马尾,耳朵上有一对别致的银质小铃铛耳环,一摇一晃平添几分可爱。小葛个子不高,小巧玲珑又温柔端庄,惹人喜爱。

西双版纳是一座被森林覆盖的小城。飞往西双版纳的那天,天气很好,在飞机上,脚下的地貌可以看得非常清楚。此时感觉飞机上的自己像一个"巨人",脚下全是凹凸不平、沟沟坎坎的山峦,就像我们日常走在山区时的泥土路,而这些沟沟坎坎中稍微平坦的地方,可以看见星星点点的小房屋,也许就是一个小村庄。此时在"巨人"的眼里,就如我们常在地上见到的蚂蚁世界,它们也很忙碌,但人类并不关心理会,因为它们太小了,对人类没有威胁,人类与蚂蚁在一个世界里和谐共处。

此时"巨人"看见在大片绿色植被中出现多条如河流一样的白色流动体,像河流,又像云雾,又像是矿山被开采过后留下的伤痕……这白色丝带在绿色的山峦中太明显了。如果这是一条河流,却没见到水的流动;如果它是一片云雾,"巨人"还看见很多小村庄都在云雾上方,如腾云驾雾般,"巨人"觉得不太可能；但如果是人类开采矿山后留下的多道伤痕，这么破坏生态环境，"巨人"心里很气愤，一定会一脚踩下去，把这些蚂蚁一样的人踩得稀巴烂。

我一直无法确定这是什么。它最不像云雾，因为其他云雾旁边都会有些过渡的薄雾，而这一片是有清晰界限的一溜白色。它也不应该是白沙地，虽然像，但在这样一个大森林中，是不允许这样开采的。那么就可能是河流，刚开始我觉得也许是飞机飞得太高，无法看见水的流动，但到最后，我还是十分确定，它不是河流。

最后又觉得这是山峦中的很多片云海，我们可以看见很多村落就在云海的上端，它们是生活在云上的"人间"。我觉得如果我生活在这样的村落，我会时常去看海，看云海，想象一下，真是如仙境般的美好。我自己猜想，这厚厚的云海下一定有河流，才导致这样的云层很低地贴近着，河流旁边肯定有村庄。

怎么用文字来形容我看见的山峦云海，我觉得要好好酝酿一番。在飞机上，我感受到了大自然的博大、人类的渺小。在飞机上的我们就像巨人，而那些小小的星星点点的村庄就像我们日常所见的蚂蚁，幻想着，如果人类眼中的蚂蚁不断破坏人类的生存环境，在它们只是为了生存时，人类是能够接受并理解的，也会给它们自己的空间。但如果蚂蚁影响到了人类的生存环境，而且是因为无休止的贪婪，人类一定是只要稍加用力就会让这个物种灭绝的。

我们在大自然的眼里就是蚂蚁，我们与大自然和谐共存，就会相安无事；但若人类太自不量力，破坏了自然环境，就一定会遭到大自然的惩罚。在大自然面前，我们要知道自己的渺小。没想到，坐一次飞机，就产生了这么深的感悟。现在我才明白，为什么要叫它植被。在人类的世界里，所见的就是树林、森林。但在大自然的世界里，森林只是覆盖在所有山峦上的绿色植物，就如我们常看见的覆盖在山岩上的青苔。

向阳之光
巨人视角

我们在大自然的眼里就是蚂蚁，我们在自己的空间里与大自然和谐共存，就会相安无事；但若人类太自不量力，破坏了自然环境，就一定会遭到大自然的惩罚。在大自然面前，我们要知道自己的渺小。

一群人的旅行

用 360 天的现实换 5 天的忘世。

丽江古城，

又如期而至。

同样是落脚"阅古楼"客栈。

不同的是这次我们一行 6 人。

依旧每天清晨 8 点，守着 11 月盛开的五彩斑斓的格桑花，呼吸着沁人心脾的空气，还有一杯热热的苦荞茶陪伴。指尖敲击键盘，把脑子里的画面用文字输出，常常才思泉涌洋洋洒洒便千字，就怕打字速度跟不上瞬间消失的脑中景象。也常常脑中画面枯竭，此时此刻会捧起暖暖的苦荞茶，也才发现双手冰凉。起身走向木围栏处，脚下的青岩屋顶还没睡醒，阳光还没来得及穿过最纯净的天空蓝，此时忍不住会伸展双臂，仰头闭目，犹如悬浮在这悠悠天地间。

其余 4 人，早早做好了这几天的旅行攻略，满满的行程真的是对得起这来回的机票。我轻轻说了句："最好的休假，应该是没有目的，随心所欲吧，遇到什么就看什么。"于是，他们两页纸的攻略变成了半张纸，一大早就叽叽喳喳地去寻找美好了。

用360天的现实换5天的忘世，这5天，一定要做个没有目标、没有目的地的人。

现实中的每一天、每一刻、每一分钟，都充斥着目标，绷紧的神经一旦发现差距就要奋力追赶，目标达成后又马上有了新目标，目标就像是套在头上的紧箍咒，一戴或许就是一辈子。

落脚的阅古楼在狮子山顶，已是第三次入住。每天可以将古城踩在脚下，可以远眺玉龙雪山，是我来丽江除写字外最重要的意义。阅古楼在邱姐的用心打理下，处处都是风景的最佳观赏地，最高处的水台，在镜头中可以与天地合一，而人站在其中，就成了天地间的唯一。铺着木地板的平台上的"心"型座椅，盘着腿穿一袭白衣坐在其中，乌黑麻花辫垂在脑后，微微仰起下巴，闭上眼睛，蓝色天空是唯一的背景，此时的你在爱人眼中就是丘比特送来的最美天使，此时的他最想感谢的就是天地。

每年来丽江的5天，我常用来将日常开篇的零散初稿文字进行二次、三次的整理。初稿是随机看见、遇见的事件或感悟，写得迅速，不加修饰，纯属记录。沉淀一段时间后，当我再去阅读时，脑中的文字就像发酵一样，会重现当时场景中那些记忆深刻的亮点，开始重整文字来充实它的画面感。二稿修改时常常会走进某个段落、某个场景，重新还原它，直到看见它有了呼吸，然后又走进另一个场景继续。一篇上万字的初稿，二稿修改的费神程度如剥茧抽丝，就像身体在原地，灵魂却出窍到了千万里外，重新遇见了黄皮肤、白皮肤、黑皮肤的人们，重新遇见或彪悍或柔情的异域风情，这些曾经的遇见都浮现在了眼前，落在纸面上。

　　二稿结束后，整篇文字通常会更加主次不清，让读者感到不知所云，太关注细节就会缺少整体连贯的逻辑性。当修改到第三稿时，才会是点对点打通的阶段，此时会大段地删减重复的文字、逻辑清晰、文句流畅、画面浮现。结束时多半已呈现出一篇满意的文字。第四次修稿通常会在放置几个月后，这段被文字记载的时光在记忆中已经模糊，只是用一个陌生人的视角去阅读这篇文字，快速阅读感受流畅度，卡壳时再用合适的文字进行替换，此时会感叹日常多读书的重要性。四轮下来，一篇让你身临其境的文字就可以定稿了。

　　我看自己的文字时，常常会怀疑它们是否出于自己之手。因为当我脱离写字的情景后，这段所经历的记忆就会关上门，再也回不去。于是我与所有的读者感受都一样，成了这段故事的看客。

　　这一年有点儿忙，看见、听见、遇见许多人事物后，想写下的很多文字都只是开了个头，或是写了初稿就一直被搁浅在电脑里。像之前（2017年）11月去捷克布拉格的文字只写了一半；4月那场30公里徒步痛苦流汗的经历也只是开了个头；9月初就起笔的43岁生日纪念还没有修稿。这5天的时间，只想静心地走回到每个情景中，把该结束的稿子修改完，这已经是最好的预期。

　　不过，我知道不太可能，这群人已经计划好，在丽江让我安静2天后，便前往泸沽湖。

　　只有2天时间，我修整好了43岁的印记，共计11306个字。42岁时给自己写下的是1932个字，43岁时文字多了6倍，从文字数量上就可以知道，43岁的自己多么充实。落下最后一笔是在"优雅时光"咖啡店里，从太阳高挂写到日落黄昏，坐在熟悉的位置上，正方形木窗框外的玉龙雪山就在正前方，从清晰可见到变成轮廓剪影。11月的古城游客稀少，小阁楼上只有我与闺密琴，她一下午都蜷曲在那张舒服的沙发上醒了又睡，睡了又醒。

长呼一口气，合上电脑，终于可以安心地去泸沽湖了。这是一个思想上早已熟悉却从没去过的陌生地方。

泸沽湖

泸沽湖，我们为她留了一天半的时间。

租了一辆车，走了4小时的盘山二级公路，一直在迷迷糊糊地睡觉。

在泸沽湖的大牌坊前被叫醒，我们走上了观景台。这是宁蒗县的最高点，可俯视泸沽湖全貌。泸沽湖犹如大自然里被遗漏在山间的一块无瑕的碧玉，被藏匿在这里。临湖的山脉蜿蜒曲折地捧起这一湖圣水。天蓝水蓝山苍劲，身临其中的我们被360度环绕包围着，叽叽喳喳，三两成群，像雀跃的鸟儿，争先恐后地将这美丽留存。

世上最美的画面，往往是那些最没有规则却又配合得珠联璧合的事物，没有规则的湖，没有规则的山，没有规则的云，还有每时每刻没有规律出现的人，他们如此和谐平静地相融在一起，彼此成就。

特别喜欢高处，因为这样才可以远眺。这样一片净土，千百年来一直干净、纯粹地在这里，让见到她的人，心会干净，笑会单纯，脱离俗尘而忘记了自己来自何处，心身都只想留在这里。

我们一群人在大洛水村找到了一家客栈，大洛水村是泸沽湖最大的村落，也算是最热闹的地方。村子很小，客栈很多，几乎都是沿湖而建。泸沽湖由于被开发的时间还不长，在管理规划方面还较随意，各种风格、材质的村屋参差不齐地矗立在湖边，被改造成客栈、饭馆、特产店等。游客不多，所以这里很少有独立的咖啡馆。沿湖的客栈价格都较贵，我们找了一栋木质的小阁楼客栈，有小小的面对湖景的阳台。老板热情地说，阳台可以看日出、看湖水、看成群结队的候鸟、看各种颜色的猪槽船、看格桑花、看三三两两从窗下走过的游客……这么多"看见"，让我们一群人不假思索地住了下来。

晚上7点的泸沽湖已经圆月高挂，环湖路上没有路灯，街上行人身上的羽绒服让我们感到丝丝寒意，于是入乡随俗吃这里最好吃的东西成了当前首要的事情。泸沽湖的湖水清澈，鱼儿鲜嫩，热气腾腾的做石锅鱼的石锅里翻滚着白色的乳汤。先喝上一口，个个满足得直舔嘴，再喝上几大口，摇头晃脑胜过喝酒，不当季还有些萎靡不振的水性杨花在鱼汤中浮来沉去，这本是泸沽湖里最美丽的花，七八月时整个湖面都有它们的身影。望着一锅白鱼汤，脑补一下美好的画面：蓝色湖水做底，绿色、白色星星点点点缀着整个湖面，远处层层叠叠的山峦，一只红色的、两头尖尖的猪槽船在其中，像极了一幅油画。而如今，美丽的它跟一锅翻滚的鱼汤在一起，旁边围着一群同样看见它就极度兴奋的人。

第二日早7点，迫不及待走上木阁楼的阳台，开始等日出。

一片从浅红变成深红的云彩，一轮红日努力地从云彩的一丝裂缝中雀跃而出，湖面上波光粼粼。面向阳光的方向，远处的山峦、湖上的猪槽船、湖边的格桑花，还有守着日出兴奋的人们，在朝阳的光影圈中瞬间成了剪影。

兴奋的我们，在清晨冰冷的空气中大声呼喊，湖上成群结队、时起时落的候鸟们与我们合影。阳光洒在我们的身上，在蓝得透亮的湖面背景下，大家争前恐后地围上唯一的一条大红围巾，这天地一色的蓝，再加上这亮丽的一点红，每个人都变成了最文艺的少女。此时，不仅身体远离了雾霾厚重的尘世，内心纯净得都长出了一对白色的翅膀，在这天地间自由飞翔。

我们像孩子一样大声嬉笑、跳跃奔跑。每个人最怀恋的都是无忧无虑的童年时光，一生中只有这个阶段没有责任、没有烦恼，而随着年龄的增长，负担会越来越多，会慢慢地失去会蹦跳的心。在此刻，我们又回到了童年，我们知道这短暂的快乐就像梦一样，所以会紧闭双眼不愿醒来，希望梦可以再长一点儿，直到被现实叫醒。

包辆车绕着百来公里的泸沽湖游了一圈，我想起了大理洱海的"坐小电动车"的囧途，尽管当时是那么狼狈，如今想起，浮现在眼前的却都是美好，人生涟漪，增添着记忆。泸沽湖比洱海更美，如果可以骑车或徒步环游，在车上看风景与在风景中看你是两种完全不同的角度和心境。但是，我们虽然是一群人，还是摆脱不了在需要做决策时由我做决定，而我一旦脱离工作，最想做的就是没心没肺，所以为了省事，我们还是选择了最简单的包车环湖。

走婚桥。一座木桥蜿蜒横跨在麦田之中，连接着道路和村庄，这是摩梭族相恋的阿夏和阿注常常约会的地方。11月的草海，一片熟透的金黄色的麦穗弯着腰在麦田里等待着被收割，一条猪槽船不知是有意还是无心地在桥下一块空白处停靠，残缺的麦田中有一条斑驳的船，真实的不完美会引起心底的共鸣。头顶蓝、稻田黄、木质桥，桥上一抹红的我们，留下了很多美好的瞬间。桥头有很多小摊档，当地的溏心苹果长得皱皱小小的，不规则的圆，颜色也没有那种大红苹果的鲜亮，但我特别想买几个尝尝。这样的苹果一看就知道是当地村民自家种的，买了6个，一人一个。当大家还在叽叽喳喳讨论如何削皮时，我在裤子上蹭了蹭就放进了嘴里，香甜可口，特别好吃！

情人滩。泸沽湖的水清澈得可以看见水下的鹅卵石，请留意，是各种大大小小的磨得玉滑的鹅卵石！湖边有很多柳树，长长的柳枝垂在树下停着的各种颜色的小船里，在阳光的照耀下，垂柳的影子与小船一起荡漾。我们一行人沿着湖边，一起对着远方大声地呼喊着"我爱你"！是的，被大自然洗涤干净的我们就像孩子，无忧无虑、一身轻松地跟宇宙万物说着"爱你"，感谢上天让我们在这美好的世间做了一粒曾经来过的尘埃。

里格村。我们在盘山公路上看见了这山底沿湖的一个小村落，还有一座小小的岛相连，我们幻想着可以在这个小岛上喝杯咖啡。于是我们改变了行程，要求司机师傅带我们下山到村里吃午饭。里格村，村庄很小，木桶鱼的确好吃。吃完饭后，一路向小岛走去，路很窄，湖边的树落下的黄叶铺满了湖边，依旧有三三两两的猪槽船停靠在岸边。小鱼同学突然跳上一艘船，摇摇晃晃地走向小船的另一头，原来，她发现湖水中有一枝没有谢去的水性杨花。小小的白色花朵下是嫩绿色长长的根茎，湖水很清，可以看见水底根与根相连。一个老大爷走在我们身后，用手指着树旁的一块小木牌，"上船拍照 10 元"。为了一朵花，也值了。

在小岛的尽头，居然真有一间咖啡厅，我们就坐在这个白色小院里，望着这一湾湖水与湖上时起时落的白色鸟儿，什么也没想，什么也没做，并没有打扰到院子里一只打盹儿的猫咪。

杨二车娜姆博物馆。这是我要求包车师傅带我们去的，如果不是特别要求，一般师傅不会把这里当成一个景点。据说这个博物馆是当地政府为感谢杨二车娜姆将泸沽湖的美传播到了世界各地，在这居高临下的位置，沿湖边而建的圆形的木质建筑，用来展示娜姆的成长历程。娜姆的书，让世界都知道了泸沽湖这个"女儿国"，我也是2002年第一次来丽江，在一个小酒吧里看见了杨二车娜姆的《走出女儿国》，才知道了泸沽湖。后来，一直关注着杨二车娜姆不凡的人生经历，所以有了来一次泸沽湖的愿望。

博物馆很少有人来，守馆的是一个年轻的摩梭族男孩，门票一人20元，里面陈列了娜姆的许多照片、世界各国刊登她事迹的杂志，还有很多她的证书，她与第一任丈夫的结婚证……娜姆年轻时真是一个身材好又处处散发着阳光的女子，哪怕现在年纪已长，依旧可以从这些文字、相片中感受到她从骨髓里冒出的自信，这就是一个走出大山到世界舞台上的女子具备的最重要的底气。

走时在留言册上写了一句：谢谢娜姆姐，让我们认识了这么美丽的泸沽湖。

环游湖的终点也是起点，我们回到了大落水村的码头，在泸沽湖里坐上了红色的、细细尖尖的猪槽船到湖心里一个小岛。两个摩梭族汉子给我们前后撑船，说着打趣的话，因为每个客人来到这里最感兴趣的就是走婚，所以每个当地人都可以跟你讲出这些走婚的段子，让男人们个个喜笑颜开，女人们个个新奇万分。时不时传来一阵笑声，吓坏了盘旋在我们头顶的大白鸟。鸟儿习惯了跟随着坐船游湖的客人们，因为游客们会在岸边买一小包小鱼抛撒在湖水中，抛向哪里，它们就扎堆飞向这个方向，此时你会感觉自己好像在指挥着一群鸟儿飞东飞西。

泸沽湖的夜晚，不像丽江那般繁华，夜晚的湖边除了月光，连灯光都没有。

连续两个晚上，我们6个人买来瓜子、花生、烧烤鸡翅，围坐在一起，开始讲各自的故事。白天被泸沽湖水洗涤了内心，一见到底，敞开心扉，谈谈那些久远的童年、想感谢的人……第一份薪水……

开心时大家一起笑，伤感时大家一起掉泪，没有任何忌讳，大家都走进了彼此的心里，一起分享快乐，一起抚平伤痕。11月的夜晚，泸沽湖很冷，但我们心相连的一群人却感到很暖、很暖。

13号是燕姐的生日，在走之前的这个夜晚，为她点燃了生日蜡烛，一起能量满满地祝愿燕姐新岁心想事成！燕姐是内心敏感细腻的女人，但她却硬是把自己包装成了伟岸的汉子模样。

燕姐的好，记在心底。

以前那么多年，都是一个人的假期。这一年，变成了一群人。是涟漪，所以刻下了字，等老得弯腰驼背、缺牙、花眼的我们，坐着摇椅，慢慢地念、细细地听，久久地想起我们那时的年轻……

向阳之光
与万物感知

旅行途中，发现美是一种能力，感知世界也是一种能力。

后记
读《女子向阳》，让女人活成一道光

  早晨，我酷爱在阳光下健身，看着太阳冉冉升起，自然万物都沐浴在晨曦中。心怀感恩，感恩太阳赐予自己力量。

  我在脑海里曾经无数次品味"女子向阳"这几个字，它到底给世间女子带来什么样的感知和能量。每一本图书都是我人生中一段修行之旅，而《女子向阳》这本图书带给我不同的人生意义，开启了我做女性类图书的新篇章。

《女子向阳》，诞生在新冠肺炎疫情中

2020年5月，疫情肆虐，我们迫于压力，搬到出版社办公。

《女人向上》的作者袁红艳老师联系我，这两年写了不少手稿，想出《女人向上》的续篇。

那个时期，每一名创业者、每一个企业，都面临生死存亡的压力。

当时我挺敬佩袁老师，她是金富汽车的当家人，我看了她在书稿里面写到，如何应对这场危机，保持"向上"和"平衡"的状态，而那时全国上下都处于深深的焦虑之中，包括我自己在内，内心由衷地欣赏袁老师的智慧。

《女子向阳》就这样诞生，如同一颗种子，带着美好的力量，破土而出。

《女子向阳》，将"太阳"种在心间

疫情期间，我每天抄写《道德经》，深度去读《道德经》，这本图书流传将近3000年。我们当今遇到的所有问题，一定早有答案。

《道德经》给予的启示：万事万物运行，遵循生长收藏的规律。太阳是地球一切能量的源头。

我们也要依据规律来做事，那样才会水到渠成。女人的一生，同样如此，也要遵循太阳"生长收藏"的规律来完成一生，这样的人生才会圆满。

我们希望每一位女子心间都有一个"太阳"，都能获得能量的源泉。

有一次，我们大家在讨论"女子向阳"到底指什么时，袁老师说："心，就是我们的太阳。心中有光，人生才会看到光，生命才有光芒。"

女子向阳，让我们点亮内心，看到生命的光。

所以，《女子向阳》这本书，按照太阳"生长收藏"的运行规律来安排整本图书的架构，并加以调整和优化。

《女子向阳》，心向阳，自发光

《女子向阳》这本书稿的打磨花费了一年多时间，我们期待这本书能带给更多女性智慧和力量，希望这本书能给在人生中无助的女人带来一道光。

这是我们团队和袁老师的共同初衷。

在本书即将上市之际，我问大喜，她是如何理解"心向阳，自发光"的。

大喜写道：

1. 无条件地爱自己。

2. 无条件地接纳自己。

3. 无条件地守护自己。

遇到任何事，我们都要记得，心一直都在，太阳一直都在！

"心向阳，自发光"是《女子向阳》的主旨，希望照亮更多的女子。

读《女子向阳》，养成"向阳"习惯

希望大家读《女子向阳》这本书时，能养成几个"向阳"习惯，这样才更有收获。这也是我从书中、从袁老师身上学习到的"向阳"习惯，在此与热爱生活的女性朋友们分享。

"向阳"习惯 1—— 写生日纪念文

每年生日时，写一篇纪念文，记录这一年的收获和成长，也记录不足之处。

女性往往很感性，一旦养成习惯，内心会变得非常强大。

"向阳"习惯 2—— 让生活充满仪式感

生命的重要时刻，充满了仪式感。因为仪式感，人生记忆更加深刻，人生记忆更加美好。

比如，每年女儿生日，袁老师都会为女儿选择一种与往年不同的花，妈妈的爱，温柔而美丽，尽在不言中。

"向阳"习惯 3——适当放空

每年给自己放 5 天假，完全放空自己，重新审视自己，重新出发。

学会一次又一次地果断清零，重新开始。让生命保持时时常新、常青。

"向阳"习惯 4——擅长总结

本书作者袁红艳老师是非常擅长总结的人。无论工作或学习，无论读书或旅行，每次有感悟之时，她都会快速记录下来。

生命的印记，都刻在了这些总结里面。

"向阳"习惯 5——坚持美好

"向上书会友"已经办了 60 多期，袁老师认定这是一件美好的事情，先办个 100 期再说。无论规模大或小，无论人多还是少，都风雨无阻。

每周为美好做一件事情，每天为美好做一件事情，累积之后，将变成一件伟大的事情。

《女子向阳》里面还有更多"向阳"习惯和"向阳"方法，期待大家挖掘"宝藏"。

平凡而伟大是我最想表达的主题，整本书里其实都是袁红艳老师在工作和生活中的点滴心得，没有伟大的道理和名言，却十分真实。

我想，每一位平凡而向阳的女子，都可以活成自己想要的美好样子，让自己活成一道光，照亮自己、点燃他人、温暖天地。

王茹
2021 年 11 月 22 日
于生产力大楼